奪取天下的少女

成瀬は天下を取りにいく

宮島未奈——著
Miyajima Mina
李冠潔——譯

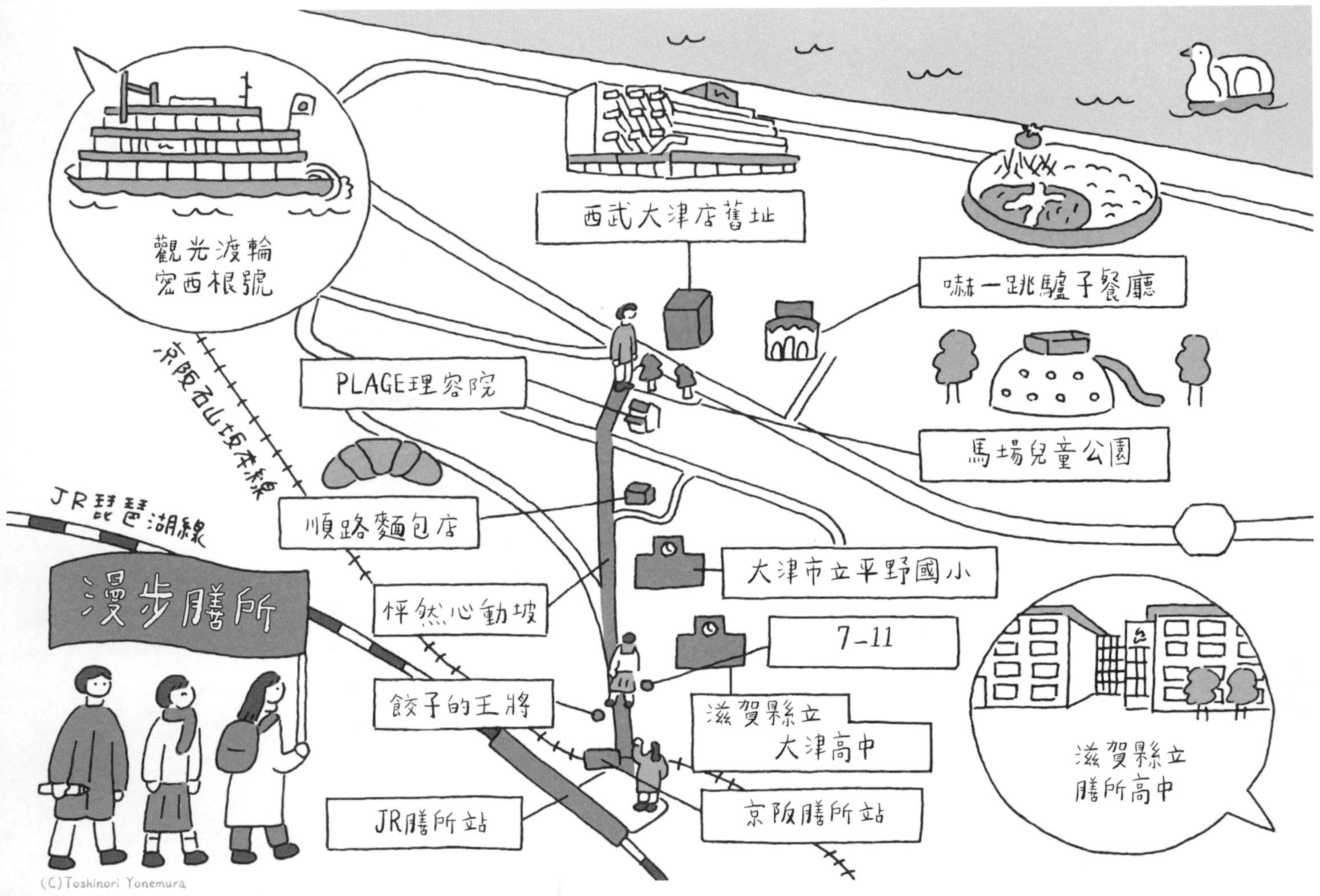
漫步膳所
JR琵琶湖線
京阪石山坂本線
觀光渡輪
密西根號
西武大津店舊址
嗞一跳驢子餐廳
PLAGE理容院
馬場兒童公園
順路麵包店
大津市立平野國小
怦然心動坡
7-11
餃子的王將
滋賀縣立
大津高中
滋賀縣立
膳所高中
JR膳所站
京阪膳所站
(C)Toshinori Yonemura

目次

謝謝

西武大津店

「島崎，我要把這個夏天獻給西武。」

第一學期的最後一天、七月三十一日放學後，成瀨又語出驚人。成瀨總是這麼怪。十四年來親眼見證絕大部分「成瀨明莉史」的我這樣說，絕對不會錯。

我是跟成瀨出生在同一棟社區公寓的凡人，島崎美雪。從就讀私立五葉木幼稚園的時候起，成瀨在其他學童之間可以說是鶴立雞群。跑步跑得比任何人都快，畫圖唱歌也都非常拿手，還能正確地寫出平假名和片假名。大家都簇擁著她，稱讚「明莉好厲害喔」，但她本人從不得意，一副事不關己的模樣。跟成瀨住在同一棟公寓，我與有榮焉。

不過隨著升學，成瀨也漸漸被孤立。因爲她自己一個人什麼都做得很好，把所有人都比了下去。她沒有那個意思，旁人卻覺得她很跩。

到小學五年級，女生們明目張膽地排擠成瀨。我雖然跟成瀨同班，卻因爲害怕也被排擠而沒有試著保護她。

某天，我在公寓一樓大廳跟拿著大包裹的成瀨擦身而過。我不好意思假裝沒看到，就問她要去哪裡，成瀨說：「島崎，我要做出最極致的泡泡。」

過幾天，成瀨上了傍晚播出的在地資訊節目《晃悠情報》。天才泡泡少女成瀨，做出了跟有錢人家養的狗差不多大的泡泡，並對擔任主持人的諧星說明：「糨糊的比例很重要。」

隔天，班上一部分的女生開始接納成瀨，放學後成瀨開起了泡泡水調配小教室。

即使現在已經中學二年級，成瀨還是毫不在意他人的眼光、我行我素地活著。我跟她不同班，不知道平常的狀況，不過看不出有被欺負的跡象。她參加田徑社，聽說在社團也是一心一意地跑步。

「把夏天獻給西武是什麼意思？」

「我每天都要去西武。」

我知道成瀨的意思。我們居住的大津市，唯一一間百貨公司「西武大津店」，在一個月後的八月三十一日就要結束營業了。建築物會被整個拆掉，聽說之後會改建公寓大樓。四十四年的歷史就要落幕，當地居民都非常心痛。

我也是從小就常去西武百貨，那是有食品超市Pantry、無印良品、Loft、雙葉書房等店家進駐，跟京都那種精品百貨公司比起來，更貼近日常生活的商場。因爲距離我家走路只要五分鐘，還在念小學的時候家人就會讓我自己去。

成瀨的父母都是土生土長的滋賀縣人，對西武大津店似乎特別有感情。成瀨的媽媽正好在西武大津店開幕那年出生，從以前就常常從位於彥根的老家來這裡逛。當初買房子會選定現在這間公寓，據說也是因爲離西武百貨很近的關係。

相較之下，我的父母都出生在其他縣市，沒有滋賀縣民那分對西武、平和堂超市、西川貴教的獨特熱情。橫濱出生的媽媽，毫不掩飾對滋賀的鄙視說：「沒了西武，這裡就什麼都沒有了嘛。」西武隔壁的商城 Oh! Me 大津 TERRACE，在她心中似乎稱不上商業設施。

「八月起《晃悠情報》會在西武大津店做現場連線，我要每天入鏡。島崎，我希望妳可以幫我看電視。」

《晃悠情報》是琵琶湖電視台每天下午五點五十五分到六點四十五分播出的節目，雖說是每天，不過週末和國定假日停播，一個月算起來大概播出二十次吧。

「是可以啦，不過設定錄影不就好了嗎？」

「我不想爲這種事占用硬碟的容量。」

我倒認爲這正是應該付出硬碟容量好好確認的事，實在搞不懂成瀨的標準。

「我可能沒辦法每天看就是了。」

「有時間看的時候再看就好。拜託了。」

有情有義的我，一回到家馬上打開電視節目表，設定了星期一《晃悠情報》的預定收看功能。爲成瀨做見證是我的使命。

成瀨講話總是格局壯闊，小學畢業的作文題目是將來的夢想，她寫「活到兩百歲」。我原本以爲是要做什麼冷凍保存，還是人體改造之類的措施，結果她只是要以普通老太婆的狀態活到兩百歲。

我以最長壽的金氏世界紀錄是一百二十二歲爲依據，告訴她要活到兩百歲未免太難，成瀨一臉不在乎地告訴我：「到時候包括島崎在內，大家都死光了，妳也沒辦法確認。」我對於無法見證成瀨明莉史到最後一刻感到遺憾的同時，也暗自發誓要盡可能在她身邊看著這一切。

她最近一次的宣告是期末考要考滿分五百分，結果考了四百九十分。不過就算沒有達成目標，成瀨也從不沮喪。她的理論是：說了一百個大話，只要完成一個，大家就會覺得「那個人好厲害」。我問她，這樣跟吹牛哪裡不一樣？成瀨想了想，果斷地承認：「是一樣的。」

八月三日，現場連線第一天。雖然我已經設定預定收看，但還是在節目開始前五分鐘就在沙發坐下，打開電視等著。

上一次認眞收看《晃悠情報》是小學五年級的時候，也就是說，這對我來說不是那種平時會抱持興趣準時收看的節目。或許是因爲學校也配合天才泡泡少女的採訪，放學前的班會，老師還特別宣布：「今天傍晚成瀨會上琵琶湖電視的《晃悠情報》。」即使如此，我也以爲應該只有我會看，所以隔天看到班上有這麼大的迴響，眞是嚇了一跳。

時間來到五點五十五分，節目隨著《晃悠情報》的LOGO和俗氣的音樂開始了。播完贊助廠商的字幕後，馬上就進入西武大津店的現場連線。在前來購物、自然穿梭的客人當中，只有成瀨爲了被電視拍到而站在原地——及肩的黑髮、白色的不織布口罩，穿著學校黑色制服裙和白襪，看起來就是再普通不過的國中女生。可偏偏成瀨不知爲何穿著棒球隊的球衣，從胸前「Lions」的LOGO、以及她站的角度看來，應該是西武獅的球衣沒錯。我從沒聽成瀨提過喜歡棒球，她的雙手各握著一根看起來是加油用的迷你塑膠球棒。

店門口的LED告示板顯示「距離關店還剩29天」，當記者說：「這是結束營業的倒數計時」的同時，成瀨就站在一旁直直盯著鏡頭。看來記者把成瀨當成怪人，直接忽視，轉而將麥克風遞往提著藍綠圓點圖樣紙袋、從店門口走出來的阿姨。阿姨說：「我常常來這裡，很捨不得。」這是誰都會說、同時也百分之百符合電視台期望的感想。

「以上來自西武大津店的連線報導。」記者做了結語，畫面切回攝影棚。

我打開平板電腦，上推特搜尋有沒有人提到成瀨。我用「晃悠情報」「琵琶湖電視」「西武」「獅隊」等關鍵字搜尋，但沒看到相關的貼文。

後來我繼續把《晃悠情報》看完。從幸運女神的「來買SUMMER JAMBO樂透吧」的廣告、滋賀縣牙科醫師會「要好好照顧牙齒喔」的宣導、長濱新開張的外帶便當店資訊，最後介紹觀眾投稿，到節目結束前都沒有再跟西武大津店連線。

節目播完之後，成瀨來到我家。我心想要是有錄起來就好了，但成瀨都說不能爲這種事占用硬碟容量了，錄下來反而違反原則。

「妳有幫我看嗎？」

「有拍到妳，還滿清楚的。那是獅隊的球衣嗎？」

「對。」

成瀨從後背包掏出球衣，背號是1號，印著「栗山」*。球衣是成瀨上網買

---

*栗山巧，西武獅隊外野手。

的，她完全不知道栗山是誰，買1號只因爲覺得應該是主要選手。

「妳看起來超可疑的，不過眞的很顯眼。」

聽到我毫不婉轉的意見，成瀨看起來很滿意地說：「那就好。」

八月四日我也在客廳沙發收看《晃悠情報》。在附近牙科診所擔任櫃檯人員的媽媽剛好排休，也在家跟我一起看。一看到成瀨出現在畫面上，她大笑著：「根本就是可疑分子嘛！」

媽也是從小看成瀨長大的，雖然從來沒當著我的面說成瀨不好，但還是感覺得出來她應該抱持「眞是個怪孩子」的想法。最近甚至會說「明莉眞的好好笑」，完全是在看好戲。

「她說到西武結束營業那天，每天都會去。」

「不錯啊，美雪也一起去入鏡嘛。」

媽的提議完全出乎我的意料。

「但我又沒有球衣。」

「又不一定要穿球衣才能去。」

我說這樣太丟臉還是算了，於是媽便把她的墨鏡借給我。

八月五日，我前往西武大津店。成瀨已經穿著球衣在那裡等著，一看到我就學棒球迷的方式舉起右手「喔」了一聲。因爲要維持社交距離，我們拉開間距，各自站在倒數告示板和樓層介紹圖的兩端。

我戴上墨鏡，成瀨看起來很高興地說：「好像三浦純*喔。」但我不知道三浦純是誰。我穿著低調的T恤和牛仔褲，貫徹自己只是在陪成瀨的立場。

從幕後看電視連線的感覺很新鮮。看電視的時候覺得女記者的聲音清亮通透，但在拍攝現場聽起來意外地沒那麼響亮。記者一走動，攝影師也跟著一起移動。記者將麥克風遞向推著嬰兒車的年輕媽媽，嬰兒車上掛著嬰兒用品店的袋子，她應該正說著「沒了西武大津店會很不方便」之類的感想。

燈光師手上的燈一熄滅，成瀨就迅速地脫下球衣塞進背包。

「我有設定錄影，來我家看吧。」

我是爲了確認自己有沒有被拍到才使用硬碟空間的。我帶著成瀨回到家，重播

---

*日本漫畫家、插畫家。及肩長髮及墨鏡爲其標誌性造型。

了《晃悠情報》。

「拍到的次數比我想像中更多。」

如成瀨所說，站在倒數計時告示板旁的我們，入鏡次數非常頻繁。

「這樣認得出是我嗎？」

「認識成瀨的人應該都認得出來吧。」

成瀨的身影就像本來就在那裡一樣自然，反觀用墨鏡和口罩遮住大半張臉的我，看起來比她可疑多了。

打開推特搜尋，終於發現寫著「西武大津的連線，每次都會有穿著球衣的人，讓人好奇」的發文。我把平板電腦拿給成瀨看，她重重地點頭：「只要被拍到三次，人家就會覺得是班底了。」

說得好像很懂一樣。

八月六日、七日，成瀨也站在西武大津店的入口處，第一週的播出就這樣結束了。我如果想去也是可以去，不過上次實在熱得受不了，還是待在有冷氣的室內看《晃悠情報》就好。

「多虧島崎，第一個星期平安達標了。」

成瀨在星期五節目結束後來到我家。雖然住在同一棟公寓，但成瀨從來沒有像現在這麼頻繁地來我家。被當成共犯實在麻煩，不過換個角度來說，代表她很依賴我，這麼一想感覺也還不錯。

打開推特，又發現了一個叫「TAKURO」的人發了一則「獅隊女孩今天也有入鏡呢」的貼文。雖然沒有提到《晃悠情報》或西武大津店，不過從發文時間看來，指的應該就是成瀨。成瀨說她在現場時還有太太跟她打招呼說：「每次都有拍到妳呢。」她至少已經在三位滋賀縣民的腦海中留下印象了。

「妳爲什麼會想每天去？」

「算是爲這個夏天製造回憶吧。」

今年因爲疫情的影響，學校的活動紛紛停辦或是縮小規模。我參加的羽毛球社，夏季比賽取消，暑假也只開放上午練習。加上這個暑假縮短爲三星期，只從八月一日放到二十三日，感覺整個夏天都被稀釋了。西武大津店結束營業，是國二夏天的大事。

「島崎，妳還會再來嗎？」

能跟成瀨一起製造回憶我當然很樂意，但這麼熱的天氣，沒必要實在不想出門。

「能去就去。」

聽我這麼說，成瀨臉色一亮：

「來的時候穿這件吧。」

成瀨遞給我一件西武獅的球衣，背號3號，上面印著「山川」*。

「妳居然買了兩件？」

「以防萬一嘛。」

我只猶豫了一秒就默默收下球衣。

三天連假結束後的八月十一日，我穿著印有山川的球衣站在西武大津店前。因為擔心戴墨鏡會比成瀨更顯眼，這次我決定不戴。

電視節目的工作人員對我們視而不見，但似乎能看見他們頭上冒出了寫著「變多了」的雲狀對話框。

他們應該打從第一天就決定避開成瀨吧，如果一開始親切應對，就會閒聊幾句「今天跟朋友一起來嗎？」之類的吧。

話說回來，也有可能是成瀨在躲避工作人員。我決定不深究，跟成瀨保持社交距離，站在正門入口處。

今天的訪問對象是年長的女性，電視台應該認爲老人家對西武大津店，比我們這種年輕人更有感情。

連線結束後我們回家看錄影，才發現站在現場的時候沒有察覺，來買東西的客人進出時都刻意閃過我們。因爲會造成別人的困擾，我們決定明天開始成瀨回到倒數告示板旁的老位置，我再另外找地方站。

接著上推特搜尋，沒有人提到《晃悠情報》讓我有點失望。看來我內心多少懷著希望有人看到的期待。

「畢竟會看《晃悠情報》的，大部分都是不上網的歐巴桑嘛。」成瀨帶著不知哪來的自信這麼說。

「對了，我們在口罩上寫些東西吧。像是廣告、留言之類的。」

成瀨拿出尺放在臉上的口罩旁，要我看刻度，差不多是寬十二公分、長十八公分。

「嗯～這樣寫不了什麼吧？」

---

*山川穗高，西武獅隊内野手。

我提議可以像傑尼斯的粉絲一樣拿圓扇，但被成瀨以不能依賴道具爲由否決了。

「重要的是有效運用口罩。戴口罩的生活還會持續一陣子，怎麼能不好好利用呢。」

八月十二日，成瀨的口罩上用黑色麥克筆，分兩行寫著「謝謝西武大津店」。口罩順著臉的形狀變形，「西」和「店」兩個字幾乎看不見，不過看前後脈絡也猜得出全文。

我們照昨天說好的，換了位置維持社交距離站好。有個大約小學低年級的男生指著成瀨說：「上面寫『謝謝』！」旁邊應該是男孩媽媽的人牽起他的手，加快腳步走進店裡。

回到家確認錄影，看得出成瀨的口罩上有寫字，但看不清楚。

「這個大小寫兩個字就是極限了吧？或是畫個LOGO之類的。」

聽我這麼說，成瀨點了點頭：「像是麥當勞、NIKE或APPLE的廣告就可行。」

怎麼想都不覺得這種跨國大企業會需要成瀨的口罩廣告版面，不過她展望世界的企圖心我感受到了。

八月十三日，成瀨在口罩上寫了「感謝」。事後確認錄影，鏡頭一角有拍到成瀨比較大的畫面，感謝兩個字看得很清楚。

「看來兩個字是可行的。」

不過只有兩個字可以傳達的訊息有限，「感謝」是不壞，但戴在成瀨臉上有種新興宗教的可疑氣息。關於有效運用口罩這一點，我們決定先按兵不動。

打開推特，之前曾經提到成瀨的TAKURO又發文了：「獅隊女孩變成兩個人了！」覺得有點丟臉的同時，又有種難以言喻的心情，讓我心頭一熱。

「會上網發文的只是一部分，就算《晃悠情報》收視率再低，只要一百四十萬個滋賀縣民中有〇．一%收看，也有一千四百人。這麼多人當中，總有那麼幾個會注意到我們的存在吧。」

在連線現場沒有特別意識到，但電視機的另一端是有觀眾的。一想到我們穿著西武獅隊球衣的身影映在他們眼中，就有一股說不上來的興奮。

八月十四日，我跟成瀨在半路會合，節目開始前五分鐘抵達西武大津店，平常總是已經抵達的攝影團隊卻不見蹤影。

「咦，他們不做直播連線了嗎？」

氣溫這麼高，我卻感覺自己的手腳漸漸冰冷。就在我暗自驚慌的同時，成瀨默默地看著樓層介紹圖：

「應該是在頂樓吧。」

我跟成瀨搭電梯上七樓，穿過美食街，就看到「西武大津店四十四年足跡回顧展」的展示看板和攝影團隊的身影，也看見拿著收音麥克風的工作人員看到我們出現時別開了視線。成瀨套上球衣，若無其事地晃到應該會被鏡頭拍到的位置，看著貼了整面牆的照片展示板。

我也穿上球衣一起看照片。這面像是由褪色照片構成的照片牆，展示了西武大津店剛開幕時的景象，寬廣的食品賣場、優雅的咖啡廳、曾經位於六樓的多功能展演廳、貫穿六樓和七樓的琵琶湖形狀的巨大天井、總是有鳥兒在飛的「天堂鳥園」，每個地方都人潮擁擠。我所知道的西武大津店總是沒什麼人，有人說是因爲客人都被購物商場 AEON MALL 草津店搶走了，也有人說是因爲網路購物興起的關係。照片上的人們看起來都很高興，今後我會在任何商場浮現這樣的表情嗎？

就在我看照片看得入迷時，連線結束了。成瀨已經脫下了球衣。

「我要留下來再看一下。」

聽我這麼說，成瀨只回了句「是喔」就自己先走了。雖然覺得她眞是無情，但這也不是第一次。

「西武大津店四十四年足跡回顧展」用了七樓的每一面牆。我一開始看的是剛開幕時的照片，沿著牆走下去，照片按時代順序往後排列。

我出生的二〇〇六年，正好是開店三十週年。店裡的樣子跟我所知的景象幾乎沒變，只是客人的打扮比現在時下的風格復古了些。

「小妹妹，每次電視都有拍到的就是妳吧？」

突然被不認識的婦人搭話，才發現我忘記脫下球衣。我反射性地回了：「啊，對。」不過每次拍到的人其實是成瀨。我很想跟她說認錯人了，但本來就不會有人穿著西武獅隊球衣來逛街，她會搞錯也是情有可原。

「太好了，我想說如果有遇到妳就要把這個給妳。」

戴著跟小池百合子*很像的蕾絲口罩的婦人，遞來一頂藍色棒球帽，上面印的LOGO是白色獅子的側臉與「Lions」的文字。

---

*時任東京都知事。

「這送妳吧。是舊東西，不過已經洗過了。」

我試著婉拒，但婦人說「不用客氣啦」，將帽子塞到我手上就離開了。

我想著這下麻煩了，同時往成瀨家走去。

按了電鈴之後，成瀨的媽媽出來開門。總覺得她看起來無精打采，但說不定她本來就是這樣。

「啊，是美雪啊。謝謝妳總是陪著我們家明莉。」

我對成瀨媽媽的印象就是文靜話少、總是面帶笑容，並不是那種熱衷教育的嚴格媽媽。想必是她笑盈盈地對女兒想做的事照單全收，才造就了現在的成瀨吧。

「對了，明莉媽媽是滋賀縣出生的吧？」

「沒錯。」

我主動找話題似乎讓她有點訝異。我也不記得自己有主動跟成瀨媽媽說過話，像剛剛也是覺得「阿姨」太裝熟叫不出口，所以選擇了「明莉媽媽」這個稱呼。

「對你們這些長年光顧的人來說，西武要收掉是什麼感覺？」

「當然很失落啊，不過已經決定的事，我們也不能怎麼樣，就是等時間到來而已。」

成瀨的媽媽依然面帶微笑地說。這時發現我來訪的成瀨，從裡面走了出來：

「怎麼了？」

「我有東西要給妳。」

我原本想在門口講就好，但成瀨媽媽邀我進了家門。

「有個不認識的阿姨叫住我，給我這個。」我把拿到的棒球帽給成瀨看：「她要我轉交給每次都會拍到的女生，是舊帽子但是有洗過了。」

我稍微改編了一下事實，但成瀨沒有提出任何疑問，戴上棒球帽：

「星期一我就戴著去吧。」

老實說我並不想戴，所以她這樣說讓我鬆了一口氣。

「之後不曉得他們會在哪裡拍，還是早點去比較好。」

在大門口沒看到攝影團隊時我腦中一片空白。我也不知道爲什麼會那麼驚慌，反而是成瀨冷靜得多。

「不過，我也不知道我會不會去啦。」

雖然好像順理成章地變成兩人組，但我還是抱著能去才去的心態。畢竟這個計畫是屬於成瀨的。

週末過後的八月十七日，隨著盂蘭盆假期暫停的社團活動又重新開始。早上九點練到十一點半，算是滿輕鬆的。

「美雪，上次電視是不是有拍到妳？」同社團的遙香問我。

「嗯，我陪成瀨去。」

「眞是辛苦妳了。」遙香笑著說。

「我也有看到，是星期五吧？介紹西武照片展的那個。」瑞音也加入對話：「嗯……我看到的是在入口前面，妳穿著棒球隊的球衣吧？」

對喔，我爲什麼都沒想到呢？就算平時沒有收看節目的習慣，轉台時總是會剛好轉到《晃悠情報》。即使她們只看到一下，只要將這些線索拼湊在一起，就知道我在幹麼了。

「我幾乎每天都會去，陪成瀨一起。」我試圖把責任推給成瀨，但跟她一起穿球衣是出於我的個人意願。原本以爲她們會傻眼，沒想到遙香和瑞音大笑了起來：

「我根本不知道每天都有連線直播！我也好想去看看喔。」

「我也要去！」

同伴增加應該值得開心才對，但我提不起勁。因爲跟成瀨相處的模式，和在社團的模式是不一樣的。但總不能因爲這樣就拒絕她們加入，所以我還是告訴她們節目是在下午五點五十五分開始，大多是在正門口連線直播，不過確切地點要當天才會知道。

這星期我本來想偷懶，但既然遙香和瑞音要去，我也不得不去了。我提早抵達，在正門口看到攝影團隊時鬆了口氣。如同她宣告過的，成瀨戴著獅隊的棒球帽。我暗自希望送這頂帽子的婦人會在電視上看到。

「剛剛又有不認識的人給了我這個。」成瀨舉起左手，秀出戴在手腕上的藍色護腕。

「看起來完全是獅隊粉絲了嘛。」

「我確實是西武的粉絲。」她說著，握起迷你球棒。

「今天羽球社的同學說不定會來，我跟她們說我跟妳每天都會來，她們就說也想來看看。」

成瀨只是看似蠻不在乎地說了聲：「是喔。」

遙香和瑞音在直播就要開始前從店裡走了出來。成瀨的注意力已經放在攝影機上了。

「在這裡喔。」

她們在我身邊停下腳步，我提醒她們要保持社交距離。要是在鏡頭前靠太近，說不定明天之後的連線報導就會取消了。

遙香和瑞音在離我們稍遠的地方站定後，記者將麥克風遞向她們。我完全無法掩飾我的驚訝——記者居然無視全身上下散發著西武愛的成瀨，選擇訪問穿便服的兩個中學女生。看著遙香和瑞音笑著回答問題，我感覺自己和她們之間出現了一道厚厚的壓克力板。

連線結束後，我們準備回家。遙香和瑞音興奮地跑來說：「我們被訪問了！」我感覺嫉妒的情緒在胃部翻攪，淡淡地回了：「好好喔。」跟成瀨一起踏上歸途。

「成瀨才應該要受訪。」我忍不住說出眞心話，成瀨笑了：

「沒事啦。電視台想要的是那種女生的感想。」

她的口吻並不是賭氣，而是直率接受事實。她這麼冷靜讓我一陣惱火：

「都來了，妳就不想被訪問，或是多上點鏡頭嗎？」

成瀨秒回「不會」，看起來完全不懂我爲什麼這麼生氣。我拋下成瀨，加快腳步回家。

八月十八日，睡了一晚之後我調適好心情，總算能用若無其事的態度面對遙香和瑞音。聊起昨天的事，她們說：「沒想到會被訪問呢！」

「妳們還要去嗎？」我努力裝作只是順口問問而已，她們笑著說：「應該不了吧。」

她們那句「應該不了」，也讓我失去動力，那天就沒去西武了。總覺得不太想跟成瀨碰面。這天的連線是在正門口，成瀨站在顯示著「14」的倒數計時板旁。當然記者並沒有將麥克風遞向她。

我不像成瀨一樣每天去、也不像遙香和瑞音那樣會被記者訪問，這樣還有去的必要嗎？想到這點就覺得厭倦起來。

八月二十一日，連線報導結束後成瀨來找我。

「怎樣？」

聽成瀨這樣問，我才想起她拜託我幫她看電視。我沒去，成瀨一定也沒放在心上。

「都有拍到妳。」

我依然每天收看。就算想過不看也沒差，但五點五十分一到，就會想起《晃悠情報》馬上就要播出。

這天的連線是從六樓，報導了Loft結束營業大打折。成瀨在眾多客人的視線下扎扎實實地入鏡。

「這麼說來，星期五應該是室內連線。」

如果這個法則是正確的，下星期五也很有可能是在室內連線。

「下星期就開學了，有社團活動的那幾天要怎麼辦？」

「我會請社團讓我提早走。球衣之類的也統統帶著，從學校直接過去。」

我想成瀨一定可以不受責怪地達成每天入鏡到連線最後一天吧。

「還眞辛苦。」我已經有種事不關己的感覺了。社團活動到下午六點，我並不打算爲了去電視連線，中途蹺掉社團。「這樣播出時我也沒辦法在家看了。」

「沒關係，謝謝妳這段時間的幫忙。」

成瀨說完就回家了。明明是我自己要退出的，卻有種被成瀨排除在外的感覺。

星期日下午，我隨意地轉台，看到西武對歐力士的棒球比賽轉播。我突然有點想看看，就放下了遙控器。爸爸在一旁虧我：「美雪也會看棒球了啊！」我隨口應了句：「就只有今天啦。」

西武的選手們身上穿的不是我和成瀨穿的白色球衣，而是紺青色的球衣。第六回合上半場，站上打擊區的是1號的栗山。我眼中疊上《晃悠情報》連線畫面中成瀨的身影。栗山揮棒擊出第一球，球飛進了觀眾席。我不太懂棒球規則，但也看得出是全壘打。栗山精悍的長相，跟足球社的杉本同學很像。

八月二十四日是第二學期的開學典禮，沒有社團活動。除了坐在隔壁的川崎同學跟我說，「妳穿西武的球衣上電視了吧」之外，沒有發生特別值得一提的事。

「成瀨，妳班上沒人來跟妳說看到妳上電視嗎？」

「沒有。會跑來跟本人說的人非常少，我想應該有人發現吧。」

這麼說也是，平常沒怎麼說話的同學就算上電視，我也不會特地跑去問。

「今天我也可以去嗎？」

明天開始社團活動之後就會比較晚歸，這對我來說是最後機會了。雖然覺得沒必要徵求她的同意，我還是問了。

「當然。」成瀨回答。

我想起這陣子都忘記幫她搜尋網路，一回到家就打開推特搜尋。一開始叫成瀨「獅隊女孩」的TAKURO，後來又提到我們幾次。我還找到一位住在草津的主婦發文說：「那個西武球衣女生，我每次看《晃悠情報》都有看到她，該不會每天都來吧。」

我在節目開始前十分鐘抵達西武大津店正門口，成瀨站在倒數計時板前，一臉嚴肅地看著上面顯示著「還剩8天」。

「這樣數到最後一天就會變成『還剩1天』，但原本應該是『還剩0天』才對吧。」

這麼說沒錯。但節目組總不會犯這麼明顯的錯誤，假設眞的弄錯，也不可能才過一天，倒數的數字就突然減少兩天吧。在我們討論的同時，一個大約五歲的小妹妹走了過來：

「棒球姊姊今天有兩個人耶！」

小妹妹遞來一張紙。仔細一看，上面畫了兩個穿著同樣衣服的人，一個戴著藍色帽子，另一個沒戴。旁邊應該是媽媽的人說：「我們每次都會在電視上看到妳們。」我反射性地回答「謝謝」，小女生揮手說了「掰掰~」跟媽媽一起走進店裡。說每次都會看直播，卻在這個時間出現在西武，這不是很矛盾嗎？我邊想邊往身邊看去，成瀨的眼眶有點濕潤，讓我心頭一驚。

「居然有這種事。」

我把那張粉絲圖交給成瀨，成瀨很寶貝地收進了背包裡，拿起迷你球棒面向前方。一對應該是衝著結束營業折扣前來，看似母女的兩名女性正在受訪。

連線結束後脫下球衣，感覺夏天就要結束了。打完夏季甲子園的高中球員也是這種心情嗎？這樣相提並論應該會被罵吧。

「這個我洗完再還妳。」

「不，先放在島崎那就好。」

我想她之後說不定還會再拜託我做什麼，於是將球衣收進包包。

八月二十五日，社團結束回到家，我確認了錄影存檔。

成瀨手上拿著應該是有人送她的西武獅吉祥物玩偶。口罩廣告計畫宣告無望，但對西武獅的宣傳多少有出到一分力吧。事實上，我就是因爲成瀨才知道栗山這名選手。

八月二十六日她也在老地方入鏡。「她就像是這個景象的一部分了呢。」媽這樣說。

計畫剛開始的時候，我原以爲會有人模仿成瀨。不知道是因爲沒人這麼閒，還是因爲《晃悠情報》的收視率太沒吸引力，倒數計時板旁邊的最佳位置，從沒出現過競爭對手。

晚上七點過後，成瀨來找我。

「上報了。」

成瀨拿地方報紙《近江日報》給我看，上面關於西武大津店將結束營業的專欄連載，提到了附近居民。

〈住在附近、國中二年級的成瀨明莉同學（14歲），總是穿著西武獅隊的球衣前往。她表示：「今年夏天因爲疫情影響，很多事都沒辦法做，所以就想來多年受到關照的西武大津店。我的目標是要持續到最後一天。」〉

文章裡寫到的「成瀨明莉同學（14歲）」，跟眼前的成瀨感覺實在差太多，讓我覺得有點好笑。

「就剩三天了呢。」

就算從家裡走過去只要五分鐘，這麼熱的天氣，每天同一時間這樣跑也很累吧。結束營業前的平日只剩三天。

「希望眞的能持續到最後。」成瀨難得出現不太確定的口吻，但我沒有放在心上。

八月二十七日是星期四，不過是從室內連線，介紹綜合服務處的留言板。鐘台旁圍著三張約兩公尺見方的看板，每一張都貼滿客人的留言卡。

連線畫面拍到正在寫留言的成瀨，雖然好奇她寫什麼，不過要在那麼多留言當中找到她寫的實在太難了。

八月二十八日的連線報導在室內進行，介紹五樓的親子中心。這裡的遊戲區準備了兒童用溜滑梯、扮家家酒玩具和圖畫書等，但因爲疫情影響，從春天就禁止使用了。帶著孩子的女性說：「這裡是我的小孩第一次學會走路，充滿回憶的地方。」她身後映出成瀨在玩具賣場人群中的身影。

連線報導的最後，記者說道：「下一次的播出是八月三十一日、也就是西武大津店結束營業的日子。因爲是最後一天，《晃悠情報》將會全程從西武大津連線報導。」

《晃悠情報》結束的時間是六點四十五分，社團結束再去也可以在六點半趕到。這個意外降臨的最後機會，讓我內心湧現了想去的動力。還好球衣沒有還她。我決定在星期一上學時告訴成瀨，我也要去最後一天的連線。

八月三十日，我跟媽媽一起去了西武大津店。結束營業折扣的貨架已經空蕩蕩，收銀台前大排長龍。我還是第一次看到西武大津店這麼熱鬧。「要是平常就有這麼多人來，應該就不會倒了吧。」連媽也說出這種每次有店家結束營業都會有人感嘆的話。

在電視上看不太出來，門口的留言板是琵琶湖的形狀，琵琶湖的部分貼著藍色留言卡，陸地的部分則貼著橘色留言卡。我大概掃視了一下，沒有找到成瀨的留言。「大津擁有過西武眞是太好了」「我人生第一次約會就是來西武」「謝謝這裡帶給我的許多回憶」「非常喜歡這裡」，從每個人寫下的留言能感受到深刻的情感，讓我心頭一熱，也想寫留言，於是寫下「從小就常常來這裡，一直以來謝謝你們」貼了上去。

八月三十一日早上，我在平常的時間出門，在公寓一樓大廳看見成瀨穿著便服守在那裡。

「我今天不去學校了。」

我瞬間以爲她是爲了《晃悠情報》跟學校請假，正準備回「最後一天這麼拚啊」的時候，看見成瀨帶著我從未看過的沉痛神情說：「我阿嬤死掉了。」

「妳阿嬤，是在彥根的外婆嗎？」

「對，我們全家現在正準備過去。」

「《晃悠情報》呢？」

我內心也覺得現在不是說這個的時候，但還是忍不住問出口。成瀨默默地搖了搖頭，像是在說這種事就別問了。

「我只是想，至少該跟島崎說一聲。就這樣。」

成瀨說完便往電梯走去，消失了身影。

我跟平常一樣去上學，但總是心神不寧，就連上課也一直想著成瀨和《晃悠情報》。我很清楚發生這種事也沒辦法，又想著難道沒有什麼辦法了嗎？兩種矛盾的心情糾結在一起。身爲成瀨「以防萬一」時的託付者，心想就算只有我一個人在節目開始時露個臉也好，於是就從社團早退回家了。

在家爲前往連線報導做準備時，我打開推特搜尋「西武大津店」，看到許多對結束營業感到不捨的發文。今天那邊應該也會有很多人吧。

將搜尋關鍵字換成《晃悠情報》後，發文數瞬間減少。從很早期就在注意成瀨的TAKURO，星期五發了「再過不久也要跟獅隊女孩說再見了啊～」。我很想告訴他，成瀨因爲家中喪事去不了了，但不是當事人就不該擅自洩露他人個資，這種事我還有概念。腦中也閃過乾脆在口罩上寫「成瀨缺席」的念頭，但若不是忠實觀眾應該分不出我跟成瀨的差別。

只是既然都要去了，還是想在口罩上寫些什麼，於是我大大地寫下「謝謝」。節目開始前十分鐘來到正門口時，我發現失算了。現場已經聚集大批人潮，應該是因爲最後一天，很多人特別跑來，看到攝影機就停下腳步的關係。倒數計時板被拍照留念的人團團圍住，人們拿著手機對「還剩1天」的字樣按著快門。

總之得先做好準備，我一套上球衣，就感覺到周遭投射過來的視線。

「這一個月來辛苦妳了。」

一位年約四十歲的女性向我走來，遞給我一條西武獅隊的毛巾，並問道：「可以跟妳合照嗎？」我不知道爲何便跟她合照了。正想著這應該值得開心吧，就聽到旁邊傳來：「這個人是冒牌貨！」

轉頭一看，一名白髮男性眼神凌厲地看著我：

「她跟平常拍到的女生長得不一樣。」

沒想到會有這麼熱忱的觀眾。我的出席次數遠遠比不上一路全勤的成瀨，一直貫徹「只是陪襯成瀨」的立場，卻在這時起了反作用。

「我是她朋友。」

「少騙人了！想蒙混也沒用！妳連帽子都沒戴！」

送我毛巾的女性手足無措地站在一旁。我沒有任何證據能證明我是成瀨的朋友，就算說出成瀨是因爲外婆過世來不了也沒人會相信。周遭的人明顯不想蹚渾水，只是在一旁看著，而《晃悠情報》馬上就要開始了。

「島崎！」

我望向聲音傳來的方向，看見穿著背號1號球衣的本尊，戴著帽子和護腕穿越斑馬線而來的身影。

「趕上了。」成瀨向我跑來。成瀨的口罩上也寫著「謝謝」。

「發生什麼事了？」

我放下心來，突然有點想哭。剛剛找麻煩的男性已經不見人影，送毛巾的女性也像是鬆了口氣。

「晚點再告訴妳。」我把藍色毛巾披在成瀨的脖子上。

連線開始，記者將麥克風遞向群眾。平常只訪問一組觀眾，今天接連訪問了兩、三組。我暗自期待不知道會不會也訪問成瀨，但問完第四組之後，訪問環節就結束了。攝影團隊開始在人群中移動。

「剛剛有個不認識的大叔說我是冒牌貨。」

「那還眞是飛來橫禍，抱歉來晚了。」

我沒想到成瀨會道歉：

「不會，妳來了就好。阿嬤那邊沒關係嗎？」

「守靈是明天，親戚們都說阿嬤也會希望我今天過來這邊。」

我衷心感謝願意讓成瀨過來的親戚們。

攝影團隊走過一樓的食品賣場、二樓女裝賣場、四樓男裝賣場，像是要回顧西武大津店似的逐層往上。跟著他們的只有我和成瀨，還有一群小學生。小學生問：「爲什麼要穿棒球隊球衣？」成瀨回答：「這就是我的制服。」

節目尾聲來到六樓的天台。店長背向西武大津店，面對鏡頭接受記者訪問，我們這些圍觀群眾就在店長身後，小心不靠得太近、拉開間隔站著。

「還好是夏天。」成瀨說。

「爲什麼？」

「要是天黑了天氣又冷，就比現在還要更寂寞了。」

就這樣，成瀨把她的國二夏天獻給了西武大津店。

九月三日，我和請完喪假回來上課的成瀨，在社團結束後一起去西武大津店。

杳無人煙的西武大津店就像突然老了似的，跟三天前看起來完全不像同一棟建築物，損傷處十分顯眼。入口處的「西武」文字剝落，招牌上蓋著塑膠布，似乎還有進行後續收拾的員工進出，但拆除工程應該很快就開始了。

成瀨的外婆因病住院，聽說收看《晃悠情報》是她每天的樂趣。八月二十八日的節目播出時，她還很高興地說：「今天也有拍到明莉呢。」三十日深夜，病情突然惡化，外婆八月三十一日早上就過世了。那個成瀨總是站在一旁的結束營業倒數計時板，也同時倒數著外婆最後的時間。

「成瀨，妳是爲了阿嬤才每天去西武的嗎？」

「多少是有這個想法，但不是最大的理由。只是在這樣的時期，也想做我能做的挑戰而已。」

我很希望能看到成瀨再引發多一點話題，但事與願違。我深刻感受到琵琶湖電視台《晃悠情報》的極限。

然而，還是有那麼幾個人想起西武大津店結束營業的回憶時，會記得成瀨的身影吧。送我們西武周邊商品的人、爲我們畫圖的小孩、在推特上提到我們的人、採訪她的報社記者、《晃悠情報》的觀眾，全都是成瀨明莉史珍貴的見證人。

「將來，我要在大津蓋百貨公司。」

「加油啊。」

希望成瀨說的話能實現。我這麼想著，抬頭仰望這棟曾經是西武大津店的建築。

我們
來自膳所

「島崎，我要站上搞笑界的頂點。」

九月四日星期五，成瀨又語出驚人了。我原本還擔心每天去西武大津店的遠大計畫成功後，她會不會因此萎靡不振，看來是我想太多。今天她說有重要的事要跟我說，放學後就到我家來了。

矮桌的另一頭，成瀨挺直背脊正襟危坐。

「搞笑界的頂點……妳是說M-1嗎？」

「答對了。」

M-1大賽，俗稱M-1，是從二〇〇一年開始舉辦、日本最盛大的漫才*大賽。每年十二月電視都會轉播決賽，從小我們全家就會一起看。

但我跟成瀨從沒聊過M-1大賽或是搞笑的話題，她怎麼會對搞笑有興趣？就在我疑惑的同時，成瀨在桌上放下一紙文件。

「這是M-1大賽的報名表。」

我目光落在報名表上，心想都這個年代了，不是上網報名嗎？

「每年的報名截止日都是八月三十一日，但今年受疫情影響延到九月十五日了。現在還來得及，總之先報名吧。」

情勢有點不太對勁，聽起來她似乎瞞著我決定了什麼。

「等一下，妳要跟誰一起？」

成瀨的表情彷彿寫著，問這什麼廢話：

「除了島崎還有誰。」

我不禁扶額，居然會有這樣的特例起用。像我這樣的凡人，怎麼想都不適合擔任成瀨站上頂點的搭檔。

再說了，我只想見證成瀨明莉史，並不打算名留成瀨明莉史。拜託不要把最前排的觀眾隨便拉上台好嗎。

「妳不要報名漫才，去報個人諧星的比賽就好了吧。」

「個人諧星？」成瀨歪著頭，看起來是真心不曉得，害我瞬間懷疑是不是說錯了。

「有一個R-1大賽，是單人表演的比賽。」

「是喔，那明年或許可以報名那個。」

看來對成瀨而言，今年要參加M-1大賽已經定案。

---

*日本一種喜劇表演形式。大多由兩人組合演出，一人負責裝傻，一人負責吐糟。

「我拜託我媽跟我搭檔，被她拒絕了。」

外婆才剛過世，成瀨媽媽最好是會有心情表演漫才。而且她原本就是文靜的人，換成其他時候我也不認爲她會點頭。

「初賽是什麼時候？」

「九月二十六日星期六。」

我懷著求救的心情望向掛在牆上的月曆，偏偏那天的行程一片空白。

「只剩三星期耶，沒問題嗎？」

「不用擔心，段子全部交給我來想。」

看來在無法過著一如往常的校園生活這一年，成瀨體會到校外活動的魅力。她的心情我也懂，但突然就要挑戰M-1大賽，未免太莽撞了吧。

「怎麼這麼突然。」

「我在電視上看到有趣的漫才，也想試試看。」

我很好奇是怎樣的漫才讓成瀨想嘗試，於是追問：「是什麼樣的漫才？」

「就是忘記玉米片叫什麼的漫才。」

「那不就是Milk Boy*嗎！」

我忍不住用Milk Boy的招牌方式吐槽。Milk Boy是上一屆M-1大賽的冠軍。

「不愧是島崎，吐槽得真完美。」

完美是言過其實了，不過考量到敢毫無顧忌吐槽成瀨這一點，確實沒有人比我更適合。而且要是因爲我拒絕，害成瀨失去登台的機會，這問題就更嚴重了。

「好吧，我跟妳一起參加。」

「感恩。」成瀨雙手貼上桌面，恭謹地低下頭。

「島崎，妳每年都會看M-1大賽嗎？」

「我媽會看，所以我幾乎都有跟著看。」

「眞是太可靠了。」

成瀨看起來十分滿意，但要是看看M-1大賽就能寫出好笑的漫才段子，諧星就不用這麼辛苦了。

「初賽在哪裡比？」

「大阪淀屋橋的朝日生命館。」

---

*吉本興業旗下諧星組合，成員爲內海崇（吐槽）與駒場孝（裝傻）。駒場針對某主題不斷說著似是而非的特徵，內海則說「〇〇やないかい」（那不就是〇〇嗎）、「ほな〇〇とちゃうか」（那就不是〇〇了啊）的漫談漫才爲其特色。

從這裡搭電車到大阪不到一小時，但基本上生活瑣事在京都就能解決，很少會大老遠跑到大阪。加上今年因爲疫情的關係，我幾乎沒離開過滋賀。

「總之先拍報名用的照片吧。」

成瀨從背包掏出數位相機，設定好自拍定時器，放在高度適當的架子上。我靠牆站好，摘下口罩看向鏡頭。

「慣例來說都是吐槽在右，裝傻在左吧。」成瀨說著站到我的左側。

「咦？」

我還來不及抗議，快門就啓動了。

「不管怎麼想，應該都是成瀨裝傻吧！」不然剛剛誇獎我吐槽完美是什麼意思。

成瀨一臉淡漠地戴起口罩：

「島崎擅長吐槽是事實，不過這樣就跟我們平常聊天沒什麼差別。故意把設定對調，漫才才有意思。」

明明對漫才不是很懂，到底怎麼有辦法說得這麼自信滿滿。

「既然妳都這麼說了，我裝傻也是可以啦……」

成瀨拿起數位相機確認螢幕：

「過幾年我們出名了，大家就會用這張照片吧。」

她遞過相機讓我看拍好的照片，上頭是面無表情看著鏡頭的成瀨，和視線不知道在看哪裡的我。要是有漫才表演者用這種照片報名，書面審查就會直接被刷掉了吧。成瀨或許也覺得不好，開口提議再拍一張。

「對了，穿球衣拍吧。」成瀨說著從背包裡掏出背號1號的球衣。

「妳都隨身攜帶嗎？」

「不知道什麼時候用得上嘛。」

我也從衣櫃找出背號3號的球衣，直接套在制服襯衫外。重拍的照片表情比剛剛柔和了一點，也因爲同樣穿著球衣，看起來比較有整體感。雖然不知道沒取得球團同意會不會有問題，但這種事等紅了之後再來擔心吧。成瀨看來很滿意這張照片，把數位相機收回背包。

「組合名稱妳想好了嗎？」

「這個嘛，『膳所 Lions』如何？」

膳所是離我們住處最近的車站，也是關西知名的難讀地名，放進組合名稱確實可行。但後面的 Lions 我不行。

「不覺得這樣聽起來很像什麼建案的名字嗎？」

「那『膳所 Girls』呢？」

從另一種層面來看，成瀨的命名品味太讓我感動了。不管什麼事都能完美達成的成瀨，居然只想得到這麼土的名字嗎？看來段子的創作也危機四伏。

在我看來，組合名稱最好是一聽就能記住、單純且有記憶點的名字。

「我想到了，上台第一句先說『我們是來自膳所的來自膳所』，再開始表演。」

「很棒耶。」聽到我的提案，成瀨睜大了雙眼。我其實還想再多討論一下，但像這樣有點隨興地決定也比較輕鬆。

成瀨在組合名稱欄寫下「來自膳所」。簡單的四個音節，在成瀨漂亮的筆跡下看來也挺像一回事的。

「個人名用本名就好了吧。」

雖然說只是先報名，但必須決定的事項太多了。我們決定用平常對彼此的稱呼，在個人名的欄位寫下成瀨和島崎，然後把剩下的必填欄位填一填。

「對了，未成年人需要監護人同意，妳去請妳媽簽名。」

我從成瀨手中接過報名表，準備去徵求媽媽的同意。踏出房門的瞬間，我突然清醒過來。我去參加那個傳說中的M-1大賽，真的沒問題嗎？

但同時，我也感到興奮不已。我沒寫過漫才段子，成瀨的品味也讓人不安，不過說不定試過就會發現是做得到的。

媽在廚房，我問她：「成瀨找我一起報名M-1，我可以去嗎？」

「很好啊。」媽立刻說：「妳們要表演哪種段子？短劇漫才？還是漫談漫才*？我也好想報名一次看看喔！」

不愧是從第一屆就每年收看的忠實觀眾，媽克制不住好奇心，連珠砲似的問道。我腦中閃過不如讓媽跟成瀨搭檔好了的念頭，但要是成真，我的心情應該會很複雜。

我請媽幫我簽報名表。「明莉的字比我好看，還真有點不好意思。」媽一面說一面寫下地址，簽名蓋章。

「諧星都會請媽媽簽這個嗎？」

聽媽這麼問，我腦中浮現Milk Boy請老媽簽報名表的畫面。

「沒有吧，未成年才需要家長簽名。」

---

*漫才型式概略分爲此二種；在對話中穿插情境角色扮演的爲短劇漫才，純粹以兩人對話爲主軸發展的爲漫談漫才。

「哈哈哈，說得也是。」

我回到房間，看到成瀨在活頁紙上振筆疾書。

「我媽說好。」

「那就好。」

成瀨仔細檢查報名表有沒有漏塡的項目，說著「很好」用力點點頭。

「我們就秉持健康第一，不勉強的原則進行吧。」

就這樣，來自膳所踏出了前往搞笑界頂點的第一步。

既然都報名參加了，就要全力以赴。我爲了做功課，決定上網把歷屆的M-1大賽找來看。

我是二〇〇六年出生，第一屆到第五屆舉辦的時候我還沒出生。按著電視遙控器猶豫要看哪一屆的時候，媽在身邊坐了下來。

「看二〇〇四的吧。」

媽說這一屆是神作，確實如她所說，許多我在電視上看過的諧星搭檔都有參賽。現在已經是綜藝節目主持人的諧星，剛出道時也曾經像這樣表演段子，讓我覺得很新鮮。

這一年奪冠的諧星「不可接觸」*表演的段子，劇情是向女友的父親提親，現在看起來也完全不過時，非常好笑。媽笑到眼淚都流出來。

之後我也聽媽的建議，時不時快轉跳著看。之前單純以觀眾的身分輕鬆觀賞，現在卻萌生了「這樣的裝傻是怎麼想到的呢」「那個吐槽的時機太厲害了吧」這種表演者視角的念頭。

如果幾年後成瀨真的站上搞笑界頂點，她身邊的搭檔會是我嗎？還是其他人呢？現在別說頂點了，就連山腳都遠到看不見。

週末結束，九月七日一早，我在公寓大廳遇到成瀨，她劈頭就說：「段子寫好了，晚一點來練吧。」我內心其實很期待，但不想讓她覺得我興致勃勃，只淡淡回了一句：「可以啊。」

社團活動結束回到家，我們在房間對稿。

「妳覺得怎樣？」

---

*アンタッチャブル，PRODUCTION人力舍旗下諧星，成員爲柴田英嗣（吐槽）與山崎弘也（裝傻）。

成瀨遞過來的活頁紙上，交錯羅列著標了「成」和「島」的台詞。

成：「大家好～」
島：「我是島崎。」
成：「我是成瀨。」
兩人：「我們是來自膳所的來自膳所，請多指教。」
島：「我啊，長大以後想當職棒選手。」
成：「眞敢講，妳連棒球規則都不懂吧！」
島：「我知道，球來就打啊！」
成：「太籠統了吧！」
島：「妳不懂啦，我是潛力無窮。」
成：「但我們都國二了，有希望的選手早就已經嶄露頭角了。」
島：「在選秀會上被指名就有機會啊！」
成：「妳哪來的想法覺得人家會指名妳？」
島：「只要平常穿著球衣四處晃，說不定人家就會以爲我是棒球少女啊！」
成：「那就只是個可疑人物好嗎！」

光讀完開頭我就眉頭深鎖。想說的話實在太多，我決定先指出最大的問題點。

「我不會說關西腔。」

我爸媽都說標準語，所以我講話的音調基本上也都是標準語。有時聊天會被對方影響，句尾出現關西腔的語調，但我不認爲自己有辦法把關西腔說得好。

「成瀨平常也沒在講關西腔吧。」

「我想講也是可以講啦。」

不愧是土生土長滋賀人的父母養大的，成瀨的關西腔非常自然。

「我分析過歷屆的 M-1 大賽，發現關西諧星有壓倒性的優勢。既然頂著來自膳所這個名字，用關西腔演出比較好。」

「可是與其用說不慣的腔調，還是用平常的口吻比較好吧。」

而且撇開關西腔的問題，成瀨的劇本也很微妙。語句通順，意思明確，而且雙方台詞一來一往是成立的，這點確實值得嘉獎，但就只是普通的對話而已。是因爲覺得反正是第一年，這種程度就可以了嗎？既然都要參賽，不是應該一開始就使出渾身解數嗎？

這樣的想法該怎麼告訴她才好？我獨自在心裡糾結，不禁覺得成瀨都辛苦想好段子了，這樣對她太不好意思。於是提議我們照本演一次試試看。

我們靠牆站好，將活頁紙舉在兩人中間看得見的位置。

「大家好！」

「我們是來自膳所的來自膳所，請多指教！」

明明沒有別人在聽，我卻覺得有點丟臉。我努力用關西腔的語調說話，但聽起來還是很不自然。表演完也不知道該用什麼表情結束，我們沉默地在桌邊面對面坐了下來。

「成瀨，妳覺得這個段子好笑嗎？」

我指著活頁紙單刀直入地問。成瀨一臉肅穆地承認：「不好笑。」

「段子我也會一起想。首先，主題選棒球就超出我們能力範圍了。這需要很多棒球知識，而且棒球哏，很多人都做過了。我們沒必要選一個自己不熟的主題決勝負吧？還有，裝傻的內容也都在預料之內，應該要更異想天開才行。」

我一開口就忍不住講了一串：

「對不起，我說太多了。」

「不用跟我客氣，有話直說的組合才會進步。」

成瀨在活頁紙上寫下筆記：「棒球×」「異想天開的裝傻」。

「島崎，妳覺得什麼主題好？」

「更貼近日常的主題怎麼樣？」

成瀨會想寫棒球哏的心情我懂，畢竟我們打算穿著西武獅隊的球衣上台，任誰看了都會聯想到棒球。但對我來說，這件球衣還有西武大津店的回憶。

「比方說，把西武大津店放到段子裡之類。」

成瀨拿出新的活頁紙，寫下「西武大津店」。

「妳不是說將來要在大津蓋百貨公司嗎？我覺得這也可以寫成段子。還有，妳還說過要做出最極致的泡泡、要活到兩百歲、要在ＦＭ近江主持全國播出的帶狀廣播節目、要在紅白大戰上台演出……」

就像是繩子一拉就拉出一串萬國旗似的，講什麼棒球哏呢？成瀨自己就是這麼多哏的人啊！怎麼能不好好發揮她的本色呢。

「這些會好笑嗎？」成瀨一臉驚訝，交叉雙臂思索著。畢竟是個說大話如同呼吸喝水的人，她自己沒發現其中潛藏的幽默也很正常。

「要說得好笑，還是讓成瀨裝傻比較好。妳說『我要活到兩百歲』，然後我會吐槽『這下金氏世界紀錄要大幅更新了』。讓我吐槽吧！」

「我都不知道妳對搞笑這麼有熱情。」成瀨一臉佩服地說，但我的熱情所在不是搞笑，而是成瀨。要怎麼樣讓更多人明白她是多麼有趣呢？

「我說我要活到兩百歲，島崎順勢故意說『那我要活到三百歲』，好像也可以。」

成瀨的提案似乎也不錯。我沒想到搞笑是這麼沒有正確答案的事，所以才有那麼多想當諧星的人去訓練班上課吧。回頭看，她寫的棒球段子也沒那麼糟了。

「比我想的要難好多。」成瀨搔了搔頭。

「成瀨，妳今年想要做到什麼地步？」

「我覺得有上場就好。畢竟初賽也沒有簡單到在這麼短的準備期間內，抱佛腳就能晉級吧。不過聽島崎這麼說，我也認爲應該要全力以赴才對。」

我點頭。發揮現有實力做出最好的漫才表演，這種想法達成共識了。

「我也會試著想段子，明天再討論吧。」

「好。」

那天晚上，我攤開活頁紙試著寫段子，寫完頭兩行打招呼的台詞，手上的自動筆就停了下來。

爲了尋找靈感，我打開 YouTube 搜尋 M-1 初賽，跳出一整排寫著「業餘組特別獎」的影片。業餘組特別獎好像是無關晉級與否，頒給帶來優秀漫才演出的業餘組合的獎項。

我抱著看看大家有什麼本事的輕鬆心態點開影片，沒想到比預期的還要有趣，看到後來正襟危坐。每一對搭檔的聲音都十分響亮、口齒清晰，對白聽得很清楚。決賽的段子限時四分鐘，不過初賽限時兩分鐘也是一大重點。我原本覺得這個時間太短，漫才很難完成，但只要結尾設計得用心，就能讓人看完心滿意足。或者說，就是因爲時間不多，接連地密集裝傻就能讓人覺得笑點不斷。

我決定先不要想太多，想著成瀨的臉，從最自然的互動開始寫。

成：「我要活到兩百歲。」

島：「這下金氏世界紀錄要大幅更新了。」

成：「我已經計畫好我的人生了。」

島：「說來聽聽。」

成：「我要在一百一十四歲結婚。」

島：「怎麼一下就跳了一百年？從近一點開始講嘛。」

成：「那就倒回來一點。十五歲在路邊撿到千圓鈔票送到派出所。」

島：「這太雞毛蒜皮了！」

成：「二十二歲，在選秀會上得到西武獅第十順位指名！」

島：「妳又沒打過棒球！」

成：「（扮演被指名的選手）我沒想到會被指名。」

島：「請跟大家分享一下今後的目標。」

成：「首先我要把棒球規則記起來。」

島：「妳給我跟全國的棒球迷道歉喔！」

寫著寫著，總覺得裝傻的段子都太弱了。我覺得成瀨很有趣，但這只是以國中女生來說有趣的程度，要拿來當漫才的哏，還得再多下工夫。

隔天我跟成瀨放學時討論著段子。

「我深刻體會到專業人士的漫才是多麼有趣。」

成瀨說的沒錯，專業諧星完全是另一個等級。

「我原本還想只要拉開嗓門多少有點樣子，看來不是這麼回事。」

「再怎麼樣也不可能這麼簡單啦。」想像平時總是淡然處之的成瀨大聲表演的樣子，我忍不住笑了出來。

「對了，我們要不要試著表演諧星搭檔不可接觸的段子？」

小學的時候，有一次回家功課是要抄寫國語課本上的課文。當時覺得都什麼年代了，爲什麼還要這麼麻煩用手抄。老師說，只要把別人完成的文章抄寫下來，就能掌握文章的節奏。同理可證，試著演出別人完成的漫才段子，說不定就能掌握些什麼。

回到家後，我打開平板電腦搜尋，找到有人把M-1大賽決賽的段子聽寫下來的網站。看過影片，大概抓到整體的感覺後，就由成瀨裝傻、我負責吐槽的角色分配試著表演一次。雖然演技遠遠不及，不過應該是因爲劇本十分精練的關係，即使兩個外行人做起來也能產生節奏感。成瀨並沒有刻意提高音量，但從她的發聲感覺得出情緒比平常還高昂。

「都想直接拿這個來表演算了。」成瀨似乎也頗有成就感。

「這樣是抄襲啦。」

「但說穿了不就是這樣嗎？業餘人士就是在專業的影響下，去模仿類似的段子吧。」

這麼說也是。

「像這樣在中間穿插小劇場的感覺也不錯呢。」

「短劇漫才對吧。」

成瀨在活頁紙上開始寫下新段子。

島：「最近我們家附近的西武大津店結束營業了。」
成：「是有這麼回事呢。（望向遠方）」
島：「幹麼說得好像很久以前一樣，不就是上個月的事嗎！」
成：「所以呢，我決定在大津蓋一間新的百貨公司。」
島：「以個人名義嗎!?」
成：「（扮演創業者）今天感謝各位蒞臨成瀨百貨公司大津店的開幕典禮，我是創業者成瀨明莉。」
島：「一般不會說自己是創業者吧。」
成：「在這個、位於琵琶湖上的絕佳地點——」
島：「蓋在琵琶湖上?」
成：「大家可以在二十八層樓的店內悠閒享受逛街的樂趣。」
島：「也太高樓了吧。」
成：「另外，由於我們沒有裝設電梯和電扶梯，移動時還請大家爬樓梯。」
島：「有誰會爬二十八樓啦！」

成：「對了，二十八樓是我們的食品賣場。」

島：「超市絕對不能設在頂樓！進貨太辛苦了吧！」

多虧了諧星不可接觸的示範，跟一開始的劇本比起來更像漫才了。這下子或許有機會踏上搞笑界山坡的邊界。

「等段子內容擬得差不多，再一面練習一面修改吧。九月事情很多，我想早點弄好。」

「好棒，好很多了。」

九月十六日是校慶，二十五日有複習考。往年校慶都是全校學生在體育館集合舉辦合唱比賽，今年因爲疫情的關係改爲各班拍攝表演影片，各學年輪流集合觀賞。

影片製作則交給班上的風雲人物，或是擅長影片後製的同學主導，像我這樣的路人只要照指示做就好，比合唱比賽輕鬆多了。

「成瀨，你們班要拍什麼影片？」

「主要是演戲，大家輪流表演才藝。我要表演變魔術。」

成瀨手中的自動筆瞬間消失了。

「咦，妳會變魔術嗎？」

我就在眼前看著，還是沒發現筆跑到哪裡去了。

「只要多練習就會了。」

成瀨再度變出自動筆，繼續寫劇本。我心想漫才應該也是多練習就會了吧。

〈成瀨百貨公司〉的劇本完成後，接下來的方針也隨之擬定。我們上下學的路上也在對台詞，每一次都修改成更順口、好懂的說法，或是更能引人發笑的表達方式。有時練得太認眞，連同學經過跟我說早安都沒聽到。

「差不多可以上台表演給人看了。」

「蛤？」

我以爲我們會這樣默默地迎接M-1大賽的初賽。成瀨這麼說，代表她已經決定好表演給誰看了。我隱隱有著不祥的預感。

「要給誰看？」

「二年級的。」

我終於搞懂成瀨的意思，忍不住雙手掩面。

「我已經報名校慶的才藝表演了。」

在各班級的影片發表之後，校慶還開放像鋼琴、樂團演出等自由報名的才藝表演。全校兩百四十人當中，會上台的大約十個人，也就是真的才藝過人跟一心想紅的人而已。

「報名之前怎麼不跟我討論一下嘛。」

「我想說都要參加M-1大賽了，區區校慶表演沒什麼吧。」

我跟成瀨的認知完全相反。就像在一群陌生人面前泡溫泉一點都不害羞，在M-1大賽的評審面前表演要比校慶輕鬆多了。

「我沒辦法。妳自己上台變魔術好了啦。」

「我想在M-1大賽之前先知道我們的段子是完全不好笑，還是多少能引發一點笑聲。島崎，妳不想讓人看看我們用心練習的漫才嗎？」

「我不要，萬一冷場就太丟臉了。」

要我這個路人甲報名才藝表演，興致勃勃地表演漫才給大家看，我打從內心感到抗拒。

「那不然，妳把臉遮住怎麼樣？」

我想像了一下戴上像職業摔角手的面具站上舞台的樣子，大家都知道那是我，感覺更丟臉。

「嗯……不然可以當成是我勉強陪妳一起上台嗎？」

成瀨是我們這一屆知名的怪胎，只要假裝我是勉爲其難地配合上台，大家應該就會覺得那也是沒辦法的事吧。

「喔，那倒是無妨。」成瀨調整了一下口罩，雙手握拳對我說：「一起加油吧。」

校慶前一天的彩排，報名才藝表演的演出者在體育館集合，確認出場順序和舞台位置。來自膳所是才藝表演的第一棒，很明顯是來暖場的。我們之後是國友梨良的鋼琴演奏、津島同學的雜耍表演，和大澤同學的樂團演出。

「像我就絕對沒辦法表演漫才。期待妳們的演出喔！」

從國小一起長大的梨良貼心地對我說，不過我還是無法克制「她該不會在心裡取笑我吧」的被害妄想。

在側台準備的時候，我一直心浮氣躁，無法冷靜。至於成瀨，不愧是大發豪語說有生以來從沒緊張過，跟平常沒什麼兩樣。

「明天才是正式演出，今天輕鬆表演就可以了。」

「是沒錯啦。」

合唱比賽的時候我也曾站上這個舞台，但全班一起站上去和只有兩個人站在上面完全不一樣。

「首先是來自膳所的漫才表演，請上台！」

在擔任主持人的執行委員介紹下，我跟成瀨踏上了舞台。折疊椅排出的觀眾席上，三名執行委員爲了確認台下的視野，分散坐著。雖然只有三個人，感覺視線集中過來我就臉上一熱。

「大家好～！」

其實好像也不一定要說「大家好」，但那麼多漫才表演者上台都這麼說，還是「大家好」的感覺最對。

「最近我們家附近的西武大津店結束營業了。」

我以爲只要開始表演漫才就能冷靜一點，結果事與願違。我不斷想著萬一忘詞怎麼辦、要是搞錯順序怎麼辦，擔心個不停。我告訴自己：我只是勉爲其難陪成瀨一起上台、我是沒有情緒的吐槽機器，努力維持平常心。

「可以背著降落傘從屋頂跳下來。」

成瀨突然冒出劇本上沒有的台詞。一出現沒有內建程式碼的台詞，我的吐槽也跟著當機。

「咦？嗄？最好是啦！」

她突然脫稿演出，害我忍不住繃緊神經，深怕她又來。但後來她沒再即興發揮，照著劇本一路表演到最後的「夠了喔！謝謝大家」。在執行委員稀稀落落的掌聲中，我們走回側台。

「超好玩的。」

成瀨說著，用掛在脖子上的獅隊毛巾擦拭額頭的汗水。

「哪裡好玩了！妳爲什麼要脫稿演出？」

「反正是彩排，我想試試看有什麼效果。」成瀨毫無反省之意，若無其事地說。

「正式演出絕對不准這樣。」

「也對，即興會讓島崎沒辦法好好表演的話還是算了。」

禁止即興演出的條例得到同意了，但在兩百四十個人面前表演漫才這件事，依然沒有轉圜。一想到正式演出我就胃痛。

校慶當天因爲要等才藝表演，猜謎大賽和各班的影片我都看得心不在焉，唯獨成瀨他們班的影片有專心看完。成瀨扮演神祕的巫師，憑空變出鑰匙交給主角，是重要的角色。班上其他同學彼此都很要好，非常合群地演出，看得出只有成瀨格格不入的感覺。

看完所有班級的影片後，有十分鐘的休息時間，接下來就輪到我們表演了。我們來到側台，穿上球衣。我似乎比昨天還緊張，扣釦子的時候手指抖個不停。

「成瀨，這種時候妳也都不緊張嗎？」

「我不懂什麼叫緊張。好想趕快表演、很興奮的感覺是緊張嗎？」

「好像不太一樣吧。」

休息時間結束，大家回到座位上。馬上就要上台了，我開始有點喘不過氣。

「都練習那麼多次了，一定沒問題的。」

成瀨的手搭上我的左肩，我也在內心不斷重複著「一定沒問題」。主持人宣布接下來是才藝表演時間，介紹我們出場：「打頭陣的是來自膳所的漫才表演，請上台！」

「大家好！」

走到舞台中央，站到麥克風前的瞬間，我的腦中一片空白，直盯著兩百四十個戴著口罩、坐在折疊椅上的同學。我原本預期會有更多交頭接耳的聲音，但因爲保持社交距離，沒有任何人說話。沒想到連這種小地方也受到疫情的影響。

就在我沉默不語的時候，成瀨獨自拉高了嗓門：「大家好，我們是來自膳所的來自膳所。」

「拜託，在場的大家都是來自膳所吧。」

我直覺地脫口而出。沒想到劈頭就脫稿演出，而且還說了關西腔。成瀨的眼中閃過一絲詫異，不過馬上就大聲應戰。

「我們國中也有人是住在大津站附近啊！」

這下裝傻和吐槽的角色就反過來了。我匆匆忙忙地講回自己的台詞：

「說到膳所，大津西武店結束營業了呢。」

「是西武大津店啦！」

成瀨的吐槽引發了小規模的笑聲。

「是有過這麼回事呢。」

完全找不回節奏的我，不小心說出成瀨的台詞。

「幹麼說得好像很久以前一樣，不就是上個月的事嗎！」

成瀨也接口說出我的台詞。我們就這樣以角色對調的狀態演出。

「所以呢，我決定要蓋一間百貨公司。」

「很好啊！校長也說了，夢要做得越大越好。」

看來成瀨還有餘裕損校長。我雖然很想落荒而逃，不過同時又覺得在演出途中離場似乎需要更大的勇氣。

「今日非常感謝各位蒞臨島崎百貨公司大津店的開幕典禮，我是創業者島崎美雪。」

「一般不會說自己是創業者吧。」

雖然說著跟平時不同的台詞，但多虧了反覆練習，每一句台詞都已經內化。我們就這樣扮演著跟原本相反的角色，表演到最後，在成瀨說出「夠了喔！謝謝大家」的台詞中劃下句點。

我像是結實累累的稻穗般深深彎下腰，聽見自己的心臟怦怦跳著。

匆匆走回側台，成瀨興奮地拍著我的背：「今天的島崎超好笑的啦。」

「才沒有，根本就搞砸了吧。」

「不，觀眾應該沒發現。大家都笑得很開心。」

雖然身處混亂中，但我確實也聽見此起彼落的笑聲。

「我也覺得今天比較好笑。」在側台等著上場的梨良，對我們豎起姆指，拿著樂譜走上台。

「國友也這麼說了，妳要有自信啊。果然還是我來吐槽，島崎裝傻比較適合。

這個段子的標題就改成〈島崎百貨公司〉，我們再來修一下吧。」

隨著劇烈的心跳稍微平息下來，我也開始覺得今天的失敗沒那麼糟了。大家的笑聲和梨良的感想就是證據。既然效果比之前好，那還是採用這個策略吧。

「我知道了，我來裝傻吧。」

「好。」成瀨點了點頭，「接下來一定可以更上一層樓，第一次參賽就突破初賽也不是不可能。」

成瀨這個人就是這樣。我也得好好練習裝傻，不能扯她的後腿。梨良輕巧演奏的樂音，彷彿也讓來自膳所揭開的第二章添色了不少。

校慶過後，我收到更多的迴響。聽到人家說很好笑，就算是客套話也還是很高興。有人說「我還以爲裝傻的會是成瀨同學呢」，我也只是笑笑說著「對啊」。

「校慶執行委員會把幫我們拍的影片燒成ＤＶＤ給我了。一起來看吧。」

校慶結束的兩天後、九月十八日放學途中，成瀨這麼說。雖然以結果而言一切順利，但我還是不想重溫自己的失敗。

「欸，成瀨自己看就好了啦。」

「不，島崎的演出很完美。我要妳站在觀眾的角度，指出我有哪裡還做得不夠好。」

我還是沒什麼意願，不過明白成瀨的意思。

「我知道了，到我家看吧。」

還好媽不在家，所以我們用客廳電視看。光是看到我們穿著西武獅隊的球衣、說著「大家好」走上台的樣子就覺得好丟臉，忍不住笑出怪聲。

「拜託，在場的大家都是來自膳所吧。」

改變了來自膳所命運的這句話，比我原以為的還大聲。成瀨也提高了音量，台詞聽得非常清楚。時不時聽得見些許笑聲，看得出台上這兩個人確實是在講漫才。

「這時候的島崎眞的有夠神，看來妳是正式上場更能發揮實力的類型。」

雖然成瀨十分滿意，但客觀來看還是能發現許多缺點。尤其我因爲意外調轉了角色，拚命努力不講錯話，視線游移不定，一點也不從容。

「還是應該表現得更理所當然，更像自然對話比較好。」

完全看得出我們連漫才最基礎的部分都沒有做到。

「就是啊，要從容得像是我們已經準備了三年。」

我們又重新播放了一次影片，仔細討論細節。不去想是我跟成瀨，而是當成「漫才搭檔來自膳所」來看，就意外地沒那麼在意了。

「明天開始的四天連假，島崎有什麼行程嗎？」

「沒有，畢竟也快考試了，我會在家念書。」

話是這麼說，念書也頂多念個兩小時，其他時間應該就是看看影片耍耍廢吧。

「那我每天五點過來，稍微練習一下吧。每天練習才是最重要的。」

從九月十九日到二十二日的四天連假，成瀨說到做到，每天五點就到我家一起對台詞。這種腳踏實地的努力，一點都不懈怠，也是很有成瀨的作風。

段子的完整度提高了，跟一開始的棒球段子比起來進步不少。我開始覺得闖過初賽，或是得到業餘組特別獎不是夢了。

「對了，我們的報到時間出來了。」

成瀨說著，用平板電腦打開 M-1 大賽的網頁，上面登出了九月二十六日出賽的組合名單。來自膳所分在 G 組，上面寫著下午兩點二十五分報到。

成瀨回去後，我又看著 M-1 大賽的網頁。看到由我命名的來自膳所成為鉛字登在網頁上覺得好開心，也拿給媽看。

「我們的名字登出來了。」

媽滑著參賽者名單說：「妳們跟奧羅拉醬同一組耶！」

「奧羅拉醬？」

我湊過去，看到我們的名字往上數第三個名字是奧羅拉醬。

「他們最近常上深夜節目，吐槽的美乃滋隅田長得超帥的。好好喔，我也想看看他們本人。」

「開放家長陪同的只限小學生以下啦，而且今年因爲疫情，不開放觀眾入場，連觀眾席都進不去喔。」

「什麼嘛，好可惜喔。」

媽這麼感興趣的奧羅拉醬到底是何方神聖？我上YouTube搜尋，找到奧羅拉醬官方頻道的影片。體格高大的番茄醬橫尾充滿魄力的裝傻，眉清目秀的美乃滋隅田以優雅而犀利的口吻吐槽。外型搶眼，穿起黑色西裝又好看，完全可以理解他們爲什麼會受歡迎。

美乃滋隅田的推特寫滿了爲他們出賽M-1加油的回覆，回覆者的帳號自介欄全都寫著「美乃痴」，可以想見是美乃滋隅田的粉絲。

關上平板螢幕，我不自覺嘆了口氣。我們居然要跟一路打拚到這裡的專業諧星站上同樣的舞台。連自己的媽媽對奧羅拉醬的興趣都比來自膳所高了，可見其中的天差地別。

原本還想來自膳所說不定能僥倖闖過初賽，這下我開始覺得連僥倖都難了。會特地跑到大阪去看的也只有評審，我們到底是去幹麼呢。我越想越消沉，動力也跟著消逝。

就在我開始想著能不能乾脆出什麼意外，讓我們沒辦法參加比賽的時候，複習考結束、九月二十六日就這樣到了。下午我穿著學校制服離開家，就這樣一路提不起勁地跟成瀨會合，從膳所站搭上了電車。

這是我們兩個第一次一起搭電車。我還以爲成瀨會說「搭電車的時候踮腳尖站著可以練核心」之類的話，結果她在靠窗的兩人座位坐了下來，我也在她身邊坐下。

「成瀨，妳常去大阪嗎？」

「沒去過幾次。我媽說從ＪＲ大阪站到地下鐵梅田站換車很容易迷路，建議我們跟著御堂筋線的紅色標誌小心走。」

我最擔心的也是轉車的問題。我們在大阪站下車，按照成瀨媽媽的建議，沿途尋找御堂筋線的標示前進。

「好像在玩逃脫遊戲喔。」

順利抵達地下鐵轉乘閘口，我們跟一對穿著不知道哪一隊棒球隊球衣的年輕情侶擦身而過。我正想著他們是準備去看棒球比賽嗎，下一秒就察覺令人絕望的事實，整個人僵在閘門口。

「怎麼了？」

「我忘記帶球衣了。」

我記得校慶後請媽媽幫我洗好，也記得把它收進衣櫃。今天打開衣櫃的時候，球衣一定就悄悄躺在櫃子深處。

「對不起，眞的很對不起！」

都是因爲我太過大意才會導致這樣的結果。我雙手合十拚命低頭道歉，等一下就要上台了，居然連舞台服裝都沒帶。就算現在請媽幫忙送來也趕不上，也不是隨處都能再買一件。

「沒關係的，島崎。」

我抬起頭，成瀨一臉平靜地看著我：

「沒有球衣也能講漫才。我也不好，在膳所站會合的時候應該再確認一次的。」

如果立場對調，我一定會很不爽。正想著成瀨該不會內心其實正在暴怒時，成瀨像是看穿我的想法似的搖了搖頭：

「有島崎陪我就夠了。」

我赫然驚覺，自從組成搭檔之後，成瀨一次也沒有責怪過我。對於我的技術、我的態度，她明明有很多話想說。

「成瀨，妳想對我說什麼就說吧。」

「沒有啊。」

看見成瀨別開目光，我確信了。成瀨對我一點都不抱期待。與其說我是她的搭檔，我更像是腹語表演者的人偶、魔術師的鴿子、搞笑藝人「已經是中學生」的表演道具瓦楞紙箱*。

話說回來，也是因爲我一直表現出勉爲其難地配合才會這樣。早知道校慶演出就乾脆一點答應她出場就好了。

「眞的嗎？妳不是說有話直說的搭檔才會成長嗎？」

我賭氣地語帶挑釁，成瀨才像是想到什麼似的開口：

「既然妳這麼說，希望妳今天不要吃螺絲。」

「我知道了。」

我們走進梅田站的閘門，搭上地下鐵。

從地面上的出口出來，馬上就抵達朝日生命館所在的大樓，入口處已經有許多年輕女性密集群聚。她們也要參加M-1嗎？我一面想著一面走進大樓，搭電梯前往八樓報到處。

「請支付報名費。」

在我還搞不清楚狀況時，成瀨從錢包裡掏出了兩千圓。

「欸，我也一起付。」

「不，是我要妳陪我來的，我付就好。」

我搖了搖頭，從自己的錢包掏出了千圓鈔：

「我是妳的搭檔啊。」

成瀨微微瞇起眼，說了聲「是嗎」，抽回了一張千圓鈔。

我們把寫著報名編號的貼紙貼在胸前，往休息室走去。休息室裡排著像是公民會館會議室的桌子，已經有三組參賽者拉開距離等待出場。

我馬上就認出奧羅拉醬。美乃滋隅田穿著合身的黑色西裝、戴著黑色泡棉口罩，即使遮住大半張臉還是掩不住帥氣。看來剛剛在門口的那些女生應該不是參賽者，而是美乃痴吧。

---

*吉本興業旗下諧星，以瓦楞紙板做各種道具上演一人短劇爲其特色。

另外兩組參賽者分別是一對年輕男性，和看起來像是祖孫的搭檔。

「5082是2×3×7×11×11吧。」

成瀨不知爲何突然計算起我們的報名編號。

「什麼跟什麼。」

「我看到大的數字就會想做質因數分解。」

奧羅拉醬的號碼是三位數，可以想見他們滿早就報名了。

「來吧，最後再來對一次台詞。」

我和成瀨面對牆站好，做了最後一次的對本。

「成瀨妳要穿球衣嗎？」

「不，我就不穿了。」

我們都穿著白襯衫黑裙子的制服，也算是有整體感，但跟貼在報名表上的球衣照比起來就是少了點特色。

「妳自己穿就好了啊。」

「不，這樣正好。明明跟西武獅一點關係也沒有，還想靠他們的球衣來塑造形象，這種想法也太天眞了。我們就靠表演內容決勝負吧。」

說到這裡，工作人員過來提醒我們準備出場。奧羅拉醬拿起手機自拍，等一下應該會搭配「我們要上場了」之類的發文，上傳到社群網站吧。

我們在側台保持社交距離等待上台。我原本以爲會更緊張，沒想到感覺卻一點都不眞實、輕飄飄的。

「成瀨，妳知道奧羅拉醬嗎？」

我小聲問道，成瀨一臉寫著現在講醬汁做什麼的表情。

「就是現在要出場的那組搭檔。」

成瀨恍然大悟地點了點頭：

「我不知道，不過確實覺得他們有專業諧星的架勢。未來他們很可能會是我們的師兄，是不是應該打聲招呼？」

「不，疫情期間還是不要隨便跑去找人家講話比較好。」

雖然這麼說，其實我也有點想跟他們說話。

前一組表演者演出結束後，我探頭往舞台看了一下，工作人員正在消毒麥克風。

「終於輪到我們了。」

我們摘下口罩收進口袋。在成瀨明莉史刻劃下「M-1大賽出賽」的時刻到了。提示上台的音樂響起，我們說著「大家好～！」往麥克風前站定。

台下第一個映入眼中的，是空蕩蕩的觀眾席。在最多可容納三百六十八人的展演廳正中央處，僅僅坐著四位評審，了不起加上他們後方稀疏可見的工作人員，放眼望去是一整片棕色椅背。如果沒有疫情，台下現在應該坐滿了熱愛搞笑的重度粉絲吧。相較之下，在校慶面對兩百四十個人要緊張多了。

「大家好，我們是來自膳所的來自膳所。」

聽到成瀨的聲音，就跟平常一樣。我也放下心來。

「最近我們家附近的西武大津店結束營業了。」

「是有過這麼一回事呢。」

「幹麼說得好像很久以前一樣，不就是上個月的事嗎！」

每天不斷地練習，表演完這次就結束了。一想到這，感覺魂魄就像從頭頂飄走似的，我連忙把注意力拉回來。聽不到觀眾席傳來的任何笑聲，但無所謂。我答應成瀨了，要不吃螺絲地表演到最後。

演出期間，我彷彿以一種很抽離的姿態俯瞰著成瀨。現在台下只有寥寥幾人，但總有一天成瀨一定會站上眾人的舞台吧。如果可以，我想在她身邊見證那一刻。

「夠了喔！謝謝大家！」

我深深鞠躬後抬起頭，將空蕩蕩的觀眾席烙印在眼底。

「感覺就像在做夢。」

成瀨說著，一口咬下彈珠汽水口味的冰棒。

漫才比賽結束後，我們直接回到膳所站。走出車站，熟悉的景象在眼前拓展開來，想到短短一小時前我們還在大阪這樣的大城市，就覺得很不眞實。直接回家實在太空虛，我便約成瀨到7-11買冰，坐在馬場公園的長椅上吃。

我一面吃著薄荷巧克力冰棒，一面望向馬路對面的前西武大津店。已經不再有人進出的建築，彷彿靜靜地等待著被拆除的那一天。

「什麼時候公布結果？」

「今天晚上九點。」

成瀨吃完冰棒，把木棒收進包裝袋裡。

晚上她到我房間一起看結果。來自膳所初賽敗下陣來，業餘組特別獎頒給了另一組參賽者。就算早知道沒那麼簡單，還是很不甘心。我觀察成瀨的反應，她的表情沒有一絲變化，就只是點了點頭。

奧羅拉醬初賽過關了，美乃滋隅田在推特的發文底下有海量的恭喜留言。我忍不住想跟美乃痴們炫耀，我曾經在寂靜的朝日生命館跟他們短暫共處一室。

「明年還要參加嗎？」

聽我這樣問，成瀨歪了歪頭：

「雖然早知道第一次挑戰大概就是這樣，不過搞笑界的頂點還是太遙遠了。我是有打算再參加，但說不定到明年又會想做其他事。不管怎麼說，至少這輩子可以宣稱『我參加過M-1大賽』了。」

成瀨這麼說，我才驚覺我的人生也寫下了M-1大賽的參賽經歷。對今年的決賽也比往年更加期待。

「表演漫才比我原以爲的還好玩。明年校慶再來表演吧。」

「欸～校慶我不要啦！」

嘴上說不要，但其實校慶表演比參賽還開心，兩個人一起穿球衣上台也是很美好的回憶。

成瀨又拿出活頁紙開始振筆疾書。下個段子會是什麼樣的漫才呢？如果到我們變成老太婆的時候，來自膳所還可以像這樣一直持續下去就太棒了。

樓梯間
不要奔跑

吃了在站內小賣店買的軟糖，廉價的甜味瞬間沁入腦中。今天很幸運，從大阪站就有位子。每次說我住滋賀，大家就會覺得是從荒郊野外通勤，但其實搭新快速電車，只要四十分鐘就到大津站了。年輕時一路站回來也不是問題，但現在都年過四十了，能坐就想盡量坐。

拿出手機打開推特，時間軸上熟悉的帳號刷了一整排的「怎麼會」「好難過」，連忙往下滑，發現震源的時候，嘴裡的軟糖差點噴出來。

〈西武大津店即將結束營業

西武大津店（大津市鳰之濱2）將於明年八月結束營業。西武百貨公司大津店於一九七六年六月開張，一九九二年度爲其營業額巔峰，近年業績低迷，四十四年的歷史將劃下句點。〉

現在已經十月了，也就是說距離結束營業剩不到一年。我用臼齒咀嚼著口中殘餘的軟糖，在草莓和蘋果之外嘗到了其他說不上來的味道。

——西武也要消失了。

我是一九七七年出生的，可以說是跟西武一起長大。最近很偶爾才會去，但一直覺得它永遠都會在那裡。

看著大家的發文時，阿勝傳了 LINE 來。

「敬太，你也看到西武的新聞了嗎？」

阿勝是我的兒時玩伴，現在是律師，在西武大津店附近的商店街「怦然心動坡」開了一間法律事務所，跟太太和兩個兒子一起住在鳰之濱的公寓大樓。大概是因爲我還單身，又住在老家很好約的關係，現在也時不時會見面。

「看到了。」

我一回覆，他馬上回：「星期日要不要去西武？」

現在去也不能幹麼，但我懂他想去一趟的心情。我答應了，約好下午三點在大門口見。

我把手機畫面切換回推特。我有一個追蹤了五百人、追蹤人數五十人的帳號，偶爾會發一些無聊小事。因爲使用假名，實際認識的人應該沒發現這是我的帳號。

我知道阿勝有個用本名和自己照片當頭像的推特帳號，但我沒追蹤他。想說不知道他有沒有提到西武關店的事，便搜尋了一下，看到他轉了新聞連結的貼文，附上一句「好寂寞」，搭配哭臉的表情符號。

我找到《近江日報》報導西武大津店結束營業的推特，用轉發功能寫下「這一天終於來了」分享出去。我微不足道的發文，淹沒在眾多大津市民的推特中。

三天後，我去西武赴約，看見穿著水藍色襯衫的阿勝，正與一個不認識的老先生相談甚歡。一看到我走近，老先生說「那下次再聊」就離開了。

「你人面還是這麼廣啊。」

走在這一帶，總是會有人跟阿勝搭話，他簡直是人際關係的天才。我覺得他總有一天會去選議員。

「大家都是看到新聞跑來的嗎？感覺人比平常還多。」阿勝一面推了推眼鏡一面說。看來有很多人也是像我們一樣約好一起來，走到哪都聽見此起彼落的「好久不見」。

走進店裡，就聽見已經耳熟能詳的西武獅隊加油歌。雖然宣布要關店，還是沒有什麼不同，依然一如往常地營業著。

我們在賣場漫無目的地閒晃。每當阿勝細數以前發生過的小事，都讓我佩服他怎麼還記得這麼清楚。

「對了，現在屋頂還上得去嗎？」走到六樓時，阿勝突然說。

空曠的屋頂有座神社，整體感覺說好聽是靜謐，說難聽點就是寂寥。小學的時候我們常常跑去玩，長大就沒再去了。

「去看看吧。」

我們朝通往屋頂的大樓梯走去。從前看起來就像城堡的一部分般輝煌的大理石色調樓梯，現在全都變得灰灰髒髒。

「我們小三的時候在這邊賽跑被店長罵過吧。」

我邊爬樓梯邊說，阿勝也懷念地應聲：「對耶，有過這麼回事。」

店長個子高高的，西裝筆挺、皮鞋晶亮，看起來就像演員。平常被大人用關西腔吼慣了，店長用沉穩的東京腔對我們說教：「這樣很危險，會受傷的。不可以用跑的喔。」反而讓我們乖乖聽話。

順著樓梯走到最上層的七樓，再上去則被鐵柵欄封住了。雖然柵欄的高度要翻過去很簡單，但阿勝笑著說：「以我們的立場不能隨便進去吧。」

反正就算翻過去，通往屋頂的大門應該也上了鎖。

「再也沒機會上去了呢。」

話一出口，胸口一陣緊縮。我們來這裡回憶了這麼多快樂往事，在這一刻彷彿突然被拋回現實。好一段時間，我和阿勝就這樣默默地抬頭望著柵欄的另一頭。

「去喝杯茶吧。」阿勝像是回過神似的開口。我們往七樓美食街的方向走去，看見炸串店裡走出兩個男人。

「咦，阿勝？」其中看起來有些眼熟的帥哥叫住他。

「哇，這不是龍二和塚本嗎！」

在我想起來的前一刻，阿勝先開口。龍二和塚本是我們的國小同學，他們已經離開大津，看到西武結束營業的新聞才回來的。

「我在大津當律師。」

「我知道，我們剛剛才經過吉嶺勝法律事務所。」

「敬太現在在做什麼？」

「我在大阪的網路公司做網頁之類的。」

就在我們四人交換近況的時候，突然從身後傳來一聲：「不好意思，你是阿勝同學嗎？」我們轉過頭，看見眼前站著兩個跟我們同齡的女性。

「欸，太巧了吧？是相澤同學和今井同學吧！」

多虧阿勝過人的記憶力，喚醒了我模糊的記憶。她們對看一眼笑了起來：「好久沒人叫我們婚前的舊姓了。」

「我們剛剛在那邊吃甜點。」圓臉的今井同學指著 Millet 咖啡館。

「聽說西武要關了，忍不住想回來一趟。」

相澤同學是大老遠從東京搭新幹線趕來的。她穿著像是要參加婚宴的洋裝，看來精心打扮了一番。這麼說起來，當年大家都只背紅色或黑色書包的時候，只有相澤同學的書包是粉紅色的。

「我們也是剛剛才遇到的。」

「不會吧！」

「龍二同學現在也還是好帥喔。」

「你從以前就很受女生歡迎嘛。」

大家開始各自聊了起來，看來是沒有要解散的意思。這樣一群人站在店門口應該很擋路吧，就在我這麼想的同時，阿勝開口了：

「在這邊站著聊也不是辦法，不然到我的事務所喝一杯吧？」

他們四人就像是游泳課時聽到老師宣布自由活動的小學生，眼睛一亮：

「可以嗎？」

「走吧走吧！」

或許是我的表情顯露出猶豫，阿勝小聲地問了我一句：「敬太，你也能來嗎？」

今天原本就只是要跟阿勝碰面，超隨興地套了 UNIQLO 的 POLO 衫和牛仔褲就出門了。老實說我覺得有點麻煩，但看到大家興致勃勃，我也不想潑冷水，就堆起了笑容：「當然可以。」

我們在一樓超市買了飲料和零食，離開西武，在怦然心動坡經過小學母校。

「心動小學耶……」

看著正門口寫著「大津市立心動小學」的校名看板，塚本苦笑著說。我們確實是在這間學校上學，但當時學校叫大津市立馬場小學。平成初期，這條路因民眾命名的票選活動取名爲「怦然心動坡」，校名也順勢改成了心動小學。

順著坡道再往上走一小段，就看見吉嶺勝法律事務所的藍色招牌。我曾經從事務所門口經過很多次，但還是第一次走進來。

阿勝帶我們走進會客室，一面大窗戶掛著百葉窗簾，白色長桌旁擺著八張椅子。我們把買來的啤酒、氣泡燒酒、無酒精飲料和零食擺在桌上。

「我們來爲重逢乾一杯吧！」

隨著阿勝的呼聲，大家一起喊著「乾杯～」，我也拿起鋁罐跟大家相碰，喝了一口清爽的水蜜桃氣泡燒酒。稍作喘息後，大家開始熱烈地聊了起來。雖然原本不太提得起勁，但聊著聊著也還應付得來。

「這個柚子胡椒洋芋片超好吃的，但附近只有西武有賣，要趁關店前多囤一點。」

今井同學大力推薦一款我沒見過的洋芋片，看她這個樣子讓我想起以前她就是很可靠、很會照顧人的女生。我吃了一片，不是我喜歡的口味。

「在網路上應該買得到吧？」

「是沒錯，但這種東西就是要走到店裡隨興地買一包啊。」

我吃了一口香菇山巧克力，清清嘴裡的味道，阿勝接著說：「我也很煩惱以後要上哪買伴手禮用的點心禮盒。」

老媽也在說「需要什麼都會去那邊買，這下不方便了」，可以感受到居民的日常生活很仰賴西武大津店。

「我跟敬太剛剛本來要上屋頂的，結果柵欄擋著過不去。」

阿勝一說，塚本自信滿滿地答道：「那是因爲泡沫經濟崩壞的時候，有個負債累累的社長跳樓自殺，後來就不讓人上去了。」

「咦？我聽說是女人失戀跳樓的關係。」相澤接口。

聽起來跟都市傳說沒兩樣。其他人都沒聽過，紛紛歪著頭說「眞的假的啊」。

「但說不定眞的有這麼回事，我孩子小時候每次只要到六樓的廣場就一定會哭。其他地方都沒事，每次就是在那裡哭。不是說小嬰兒會看見大人看不到的東西嗎？那裡應該是有什麼沒辦法超生吧。」今井同學這麼說。

我相信這世上沒有鬼，但還是覺得很毛，想想就覺得那道擋住去路的柵欄像是封印著什麼似的。我又灌了一口水蜜桃氣泡燒酒，想沖淡這個念頭。

「啊，對了。」阿勝像是要轉換氣氛似的站起身，在牆邊的書架上找了起來：「找到畢冊了！」

阿勝雙手高高舉起畢業紀念冊，現場響起一陣歡呼。

「幹麼把這種東西放在公司啊！」

「應該是有一次忘記要幹麼帶來，就一直放在這邊了。」

阿勝每翻一頁，大家就是一陣說說笑笑，翻到我和阿勝的六年三班那一頁，笑聲比剛剛更響亮。

「阿勝同學一點也沒變耶，剛剛也是一看到你就認出來了。」

相澤同學說，阿勝也回：「上次我跟兒子走在一起還被當成兄弟，眞受不了呢！」引起大家一陣爆笑。

「啊，拓郎也是三班的啊。」

龍二這句話讓大家紛紛興奮地說著：「拓郎！」「好懷念喔！」聽見這個好久沒聽到的名字，就像叫到我一樣令我心頭一驚。

「敬太，你和拓郎以前很要好吧。」塚本突然拋來一句。

「對、對啊。」我的聲音有點破音。

「他以前是加油團團長，很帥對吧。」

「小咲那時候喜歡拓郎對吧。」

「他老是戴著西武獅的帽子呢。」

拓郎的全名是笹塚拓郎，在我們那一屆是非常亮眼的存在，也是我們的領頭人物。做什麼事總是他帶頭，他會自己擬定規則、發明好玩的遊戲。比起在家玩紅白機，在琵琶湖畔或西武百貨，跟拓郎一起玩要好玩得多了。

「不過我記得拓郎同學在畢業前轉學了吧？」

今井同學此話一出，原先熱絡的氣氛瞬間凝重起來。

拓郎在小學六年級的寒假突然消失了。過完年開學時，大家聊起拓郎是不是轉學了。當班導淺井老師宣布「笹塚同學轉學了」的時候，我不禁回頭看向阿勝的座位。阿勝雙手捂著臉，我看不見他是什麼表情。

「我上次在推特看到有個叫 TAKURO* 的人，不知道是不是他。」

---

*「拓郎」日文發音爲 TAKURO。

「咦？是哪一個？」阿勝追問。

「我記得是在西武說要結束營業時看到的，轉推新聞報導的樣子。」相澤同學邊說邊掏出手機。我不禁把手伸向根本就不想吃的柚子胡椒洋芋片。

「啊，找到了，就是這個人。」

阿勝小心翼翼地雙手接過相澤同學的手機，將畫面往下拉。

「眞的耶，GAME BOY 發售三十年的新聞他也有轉推，應該跟我們同輩。」

我想把話題從推特轉移，於是說：「我們小學畢業是哪一年啊？」

「一九九〇年的三月吧。」阿勝回答，將手機還給相澤同學。

「這麼算起來，明年就是我們小學畢業三十年了吧？」龍二像是察覺什麼世紀大發現似的大聲說道。

「我都沒發現！會有人辦同學會嗎？」

「之前都沒辦過啊。」

「我們今天會巧遇，該不會就是神明指示我們該辦同學會了吧？」

所有人的視線都集中在阿勝身上。他當過很多次班長，現在也還住在這裡，是最適合當主辦的人選。

「既然你們都這麼期待，那我也只能辦了啊。」阿勝帶著宛如推特頭像的爽朗笑容說道。大家群起鼓掌，我也識相地跟著拍手。

「如果可以的話，在西武關店前辦吧。」

「全年級有兩百人，會有多少人來啊？」

「如果要創 LINE 群組的話我可以弄。」

在拿著啤酒你一言我一語的同學圍繞下，阿勝一面應聲一面做筆記。我在一旁看著，默默把焦糖玉米脆果送進嘴裡。

到了六點，在事務所的小聚會解散了。同學會定在明年七月，在琵琶湖大津王子飯店舉行。

「本來看到西武要關很難過，不過因此又見到大家，而且還說好要辦同學會，搭新幹線來這一趟也值得了。」相澤同學開心地說。

「就是啊，這就叫塞翁失馬吧。」龍二看起來也很高興。大家互道「明年見」，開開心心地回去了。

我留下來幫阿勝收拾辦公室，靜下來的會客室裡，空啤酒罐和零食包裝彷彿還殘留著他們四個人的氣息。

「阿勝，你這麼忙還答應要主辦同學會，沒問題嗎？」

阿勝是跟地方往來密切的律師，積極參與各式活動，還當上怦然心動地區夏日祭典的執行委員長，也很積極地參與家事和育兒。這下又要主辦同學會，怎麼想都太累了。

「嗯，我擅長這種事嘛，而且總得有人做啊。」

阿勝一邊收拾垃圾，用不帶一絲陰霾的爽朗笑容答道。看來他跟我這種總是只能跟在別人身後的人，天生就是不同人種。

「再說，我總覺得辦同學會就能見到拓郎。」

阿勝的神色似乎暗了下來，我也垂下視線，假裝專心擦著桌子，回想起當年發生的事。

那是一九八九年底，我們在西武百貨的大樓梯。賣場因爲年終折扣擠滿了人，不過幾乎沒什麼人走樓梯，吵一點也不會被罵。暖氣也透得進來，在寒冷的冬天這裡可以說是最棒的逗留地點。那天除了我、拓郎和阿勝之外，記得還有其他三個同學。

阿勝把爸媽聖誕節買給他的 GAME BOY 帶來給大家玩俄羅斯方塊，大家輪流傳著玩，不過因爲還不大會玩，馬上就卡關。我跟拓郎都很弱，但沒有人嘲笑我們，大家都笑得很開心。

最後阿勝玩給我們看，方塊的形狀巧妙地組合在一起，眼看越堆越高之後，一口氣又消掉三四排。我們圍著阿勝，著迷地看著那方小小的螢幕。

阿勝玩完之後，拓郎站了起來：

「難得大家都在，來玩猜拳上下樓梯吧。」

拓郎的提議很實在，但我看阿勝玩俄羅斯方塊之後也想再玩一次看看，其他人感覺也都期待可以再玩一輪。阿勝應該也有發現，便說：「再玩一輪俄羅斯方塊吧。」但拓郎很堅持：「那種東西隨時都可以玩嘛。」

我印象中，拓郎的語氣並不惹人厭，但阿勝也難得強硬地反駁：

「我們每次都聽你的，偶爾也聽我們的嘛。」

我是在那一刻才第一次驚覺，我們確實每次都聽拓郎的，也很驚訝原來阿勝對拓郎的作風其實是有意見的。

之後他們開始細數平時對彼此的態度有哪些不滿，雙方的說法我都能同理，所以除了默默看著，什麼也做不了。

「好啦，隨便你們啦！」

最後拓郎丟下這句話，順著樓梯一路跑下樓。

反正不過就是小學生吵架。這種程度的口角常有，過完年大家又會像沒事一樣玩在一起。當時我是這麼想的，壓根沒想過拓郎會這樣消失。我們跟家人一起過年的時候，拓郎是懷著什麼樣的心情搬家的呢？

也因爲發生過這樣的事，我跟阿勝一直避免提到拓郎。我也覺得如果能見到面就好了，但又有什麼辦法能通知他我們要辦同學會呢？

「你知道怎麼聯絡拓郎嗎？」

「不知道，不過總有辦法找到的吧。」

我很清楚這沒那麼簡單。我不知道上網搜尋過「笹塚拓郎」這個名字多少次，就是找不到任何能連結到他本人的線索。

「如果能找到就好了。」

我眞心這麼想。或許只是我找不到而已，阿勝說不定就有辦法。阿勝點頭說：「一定會找到的。」

收拾完，我離開事務所。十月也邁入中旬，天氣開始轉涼。往琵琶湖的方向望去，看得見西武大津店屋頂的招牌亮著藍光。一想到明年此刻那道光就要熄滅，夜風似乎就更冷了些。

※

二〇二〇年，新型冠狀病毒在全世界蔓延，人們的移動受到限制。在大家都覺得備受束縛的同時，我倒是因爲導入遠端工作暗自竊喜。在此之前，我常常對公司決策感到疑慮、懷疑這該不會是黑心企業吧，但在其他公司堅持通勤時，上頭卻率先採用全面居家工作的方針，讓我重新體認到這眞是間好公司。

環境太安靜也會讓人不自在，所以我在家工作時都開著電視。其中我最喜歡的，就是琵琶湖電視台傍晚播出的《晃悠情報》，這是報導滋賀縣資訊的地方節目，完全沒有要拚收視率的自在感，讓人覺得很療癒。

《晃悠情報》提到，從上星期五、六月十九日開始，舉辦了回顧西武大津店歷史的「西武大津店四十四年足跡回顧展」。我看到時心想「好想去看看」，當天就收到阿勝的LINE：「要不要去看西武回顧展？」

我先到約好碰面的正門口。那裡新設置了一面LED告示板，顯示著「距離關店還剩65天」。換成是什麼好消息也就罷了，結束營業的倒數只是徒增傷感。

阿勝戴著綠黑相間的市松格紋口罩出現。這陣子我們都沒有再約，已經很久沒有看到他了。

「口罩眞不錯！」我故意損他，結果反而遭他放閃：「我太太幫小孩做口罩，順便幫我做了一個。」

七樓的展場，照片看板貼滿一整面牆。

「喔，是天堂鳥園！」

現在改成金字塔狀的玻璃窗一帶，以前叫做天堂鳥園，這一區放養了許多鳥類。展示的照片是黑白的，但我們都想起色彩斑斕的鳥兒交錯飛舞的景象。

「我記得還有氣球販賣機吧。」

「有有有，我妹常纏著要我爸買給她。」

天花板總是懸浮著許多孩子不小心放手飛掉的氣球。妹妹都會小心翼翼地拿回家，隔天看到氣球消風，就會哭成淚人兒。

其他客人也紛紛指著照片牆聊起從前的回憶。聽到不認識的大叔大聲說：「好懷念喔～」我也在內心點頭同意。

把展示看完一圈後，我們走進位於同層樓的 Millet 咖啡館。Millet 咖啡館的招牌就是冰淇淋甜點。我點的是巧克力百匯，阿勝點了抹茶百匯。

「我們事務所也設置了透明塑膠布和壓克力板作爲防疫對策，但這眞的有意義嗎？」

隔著一面壓克力板坐在我對面的阿勝說道。

「孩子們學校的活動也都取消了，眞的很可憐。我家老大今年要搭『湖之子』，但這次沒過夜，當天就回來了。他說運動會也是各年級分開舉辦。」

「湖之子」是滋賀小學生五年級時會搭乘的教育用船隻。我嘴上說著對啊好可憐，但內心覺得小孩子應該沒那麼在乎吧。至少我就不是那麼喜歡參與學校活動，換成我，說不定還會覺得省了很多麻煩。

「同學會也要延期了，好可惜喔。」

我順著話題說，就看到阿勝的臉垮了下來：「眞的很遺憾。」

舉辦同學會的計畫取消，是三月下旬的事。二月下旬其實就已經不知道辦不辦得成，但當時大家還抱著「說不定到夏天就沒事了」的樂觀心態。不過眼看學校停課、各種活動也紛紛取消，阿勝決定將同學會延期。

「啊～爲什麼會變成這樣啦！」

看阿勝不甘心地抱著頭的樣子，我忍不住脫口而出：「你就這麼想辦喔？」

生活又不會因爲跟同學見面發生什麼變化，這正是所謂「不必要、不緊急」的活動。

「當然想啊～」阿勝沒有不快的意思，用輕鬆的口吻說道：「小學是很特別的嘛。升上高中、大學，遇見的人也就是那些了吧？反觀小學，是把正好在同一年出生在附近的人聚在一起，會遇見各式各樣的人啊。」

確實，像阿勝這麼有爲的律師，跟我這個沒出息的上班族，如果是長大之後才認識，怎麼想都不可能意氣相投。這個道理我是認同啦，但還是忍不住想到，阿勝自己還不是把兩個兒子送去考大學附小？

「去年在西武遇到大家，一起在事務所喝酒聊天，眞的很開心。這些年來我們走上不同的人生路，但有些事還是只有一起度過小學六年的朋友才會懂的。一想到這就很感慨。我今後也想好好珍惜這樣的友情。」

聽阿勝熱烈的傾訴，店員端著冰淇淋過來了。

「兩位久等了，巧克力百匯是哪位的？」

淋上巧克力醬的霜淇淋裝飾著草莓、香蕉和鬆餅。我忍不住牽起嘴角，拍下根本不打算上傳的照片。

「好想在西武還在的時候辦喔。」阿勝用跟冰淇淋不搭的沉痛表情說。我一面品嘗在嘴裡慢慢融化的霜淇淋，一面想著可以說什麼來鼓勵他。

「既然現在有時間了，不然慢慢找找看那些聯絡不上的人怎麼樣？」

聽到我的提議，阿勝的臉色亮了起來：

「也對！我會努力找的！」

看阿勝挖了一大口霜淇淋，我鬆了一口氣：

「同學的 LINE 群組已經有大概一百個人加入了吧？」

「嗯，另外還有聯絡上二十個人，剩下八十個不知道在哪。很可惜的是，也沒找到拓郎。」

我原本還偷偷期待他會不會有什麼律師特別的尋人管道，看來是沒這種東西。

「臉書我找過一輪了，再來上推特找找吧。」

「推特應該沒什麼人會用本名吧？」

「我就是用本名啊。」

我們吃完冰，結完帳，走出 Millet。

「胃有點脹呢。」阿勝摸著肚子說。

「我們是大叔了嘛。」

店門口的展示櫃上，鬆餅、冰淇淋、三明治、義大利麵的食品模型，五顏六色地陳列著。小時候只有在特別的日子，爸媽才會讓我們吃冰淇淋百匯，我跟哥哥和妹妹三個人總是興奮地煩惱要點什麼好。

許多店家已經先行撤出，轉移陣地重新開幕了，但 Millet 會留在這裡跟西武大津店一起結束營業。一想到 Millet 收掉之後，這些食品模型將何去何從，我的心就有點痛，忍不住別開視線。

到了八月，《晃悠情報》開始在西武大津店做結束營業的倒數連線報導。螢幕裡的ＬＥＤ告示板顯示「距離關店還剩29天」，就在告示板旁，一個穿著西武獅隊球衣，看起來大概是國中生的女生，拿著迷你球棒站在那。她直盯著鏡頭，很明顯就是爲了入鏡。我還以爲現在的小朋友都對電視沒興趣，看來也不盡然。

之後，國中女生每天都出現在電視上。我不以爲意地在推特寫：「獅隊女孩今天也有入鏡呢。」發了出去。

工作結束後看了一下手機，阿勝傳了LINE來。

「之前聊過那個叫TAKURO的帳號，好像有在看《晃悠情報》。他感覺很關心西武，說不定眞的是拓郎。」

「拓郎這個名字是菜市場名，而且說不定是假名字。」

我回覆蠻不在乎的內容，心臟怦怦跳著。阿勝把他說的那則推文連結傳了過來。

「我回覆他試試看。」

「不要啦，又不知道他是什麼人，還是算了吧。」

「如果弄錯，對方應該不會回吧。只是直覺，但我總覺得這個人離我們很近。」

我想了想，已讀不回，把手機畫面切回桌面。推特圖示顯示著鮮少出現的紅色通知。

——我是大津市馬場小學畢業的吉嶺勝。有些事想請教您，所以追蹤了您。請問方便跟您私訊聯絡嗎？

我把手機切成休眠模式放在電腦鍵盤上，仰頭望著天花板。

TAKURO是我在推特上的假名。創帳號的時候，我不想用本名，就輸入腦中第一個浮現的名字TAKURO。頭像是隨手拍的天空照片。

自從被相澤同學和阿勝發現之後，我發文都很小心避開特定的名詞。最近發的文都是像「在家工作讚啦」或是「滿街都在賣口罩」這種，隨便哪個上班族都會寫的內容。我完全沒提到《晃悠情報》或是西武大津店，沒想到「獅隊女孩」這個關鍵字會被阿勝注意到。

我再度拿起手機，看著阿勝傳來的訊息，苦思應該要怎麼回覆。事到如今，與其老實招認，不如裝傻到底吧。

——您好，請問有什麼事嗎？

我下定決心回覆私訊。如果是正牌的拓郎，看到「馬場小學的吉嶺勝」這個名字應該會有反應才對，阿勝就會發現自己認錯人了。

我還來不及擔心，阿勝就馬上回覆了。

——不好意思，我在找一個叫拓郎的同學，以爲您可能就是我在找的拓郎，所以就冒昧私訊您了。眞的很抱歉，請您不要在意。

看著恭謹有禮的訊息，我深深嘆了一口氣。

——原來是這樣！希望您能順利找到人。

這件事就這麼告一段落，不過想到之後阿勝還是會看我的貼文，心情就很沉重。但阿勝也沒做錯什麼，因爲這樣就封鎖他，我也於心不忍。我也想過乾脆把帳號刪掉算了，不過還是有人追蹤這個帳號，發文給他們看也滿有意思的，我實在捨不得讓這些追蹤者就此解散。

我發覺西武大津店要結束營業的感覺就跟這很像。無印良品也好、Loft也好、雙葉書房和百貨公司也好，要去的話京都或草津都有。但西武大津店的重要之處在於，將這些店集中在大津市嶋之濱，四散各處是沒有價值的。

LINE跳出了阿勝簡潔的報告：「好像眞的認錯人了。」我心想明明就是你擅自懷抱期待，失望也是自作自受，同時也有些許的罪惡感。不惜傳訊息給線索如此微薄的推特帳號，可見阿勝真的很想找到拓郎。而且，建議他把時間用來找人的就是我。要是我知道現在拓郎在哪裡該有多好。

我又打開Google搜尋「笹塚拓郎」，但除了自動產生的姓名筆劃網站之外，什麼也沒有。如果建立一個「尋找笹塚拓郎」的網站，應該會顯示在前幾筆搜尋結果吧。但隨便把人家的全名登出來也是個問題。

如果是刊登我的名字就沒差。就在我這麼想的時候，突然靈光一閃。拓郎或是其他還沒聯絡上的同學，說不定也會上網搜尋其他同學的名字。如果建立一個網站，把同學的名字列在上面，附上「如果你是我們的同學請聯絡」的表單，說不定就會有同學找上門了吧？

我打電話給阿勝：「我想做一個給同學交流的網站。」簡單說明了想法。

「那就拜託你了！」透過電話也能感受到阿勝的興奮之情。我把手機開擴音放在桌上，立刻在本機環境架設網站雛型。

「除了名字之外，要不要邀請大家投稿留言登出來？」

聽到阿勝的提議，腦中浮現了同學的名字和留言排列的畫面。看到有其他人參加，應該會有更多人也想寫留言吧。

「如果開放誰都能留言，說不定會有人來亂，還是確認過名字和內容再登出來比較好。」我一面設計網頁，感覺自己也越來越投入其中。

「不想放本名的人可以用筆名就好，願意露臉的人也可以放照片，就像是網路同學會一樣。」

「欸，這主意超棒的啦！」

眼前彷彿看到阿勝的笑容。像現在這樣開心地架設網站，或許還是有生以來第一次。掛掉電話後，我一面吃著軟糖一面繼續製作。

〈這是滋賀縣大津市立馬場小學（現名心動小學）一九九〇年三月畢業生的同學會網站。一九七七年度（昭和五十二年四月二日至五十三年四月一日）出生，曾就讀馬場小學的人，請透過以下表單留言。也非常歡迎中途轉學的人參加。可以分享近況、對預定明年舉辦的同學會的期待，以及對即將結束營業的西武大津店的回憶，什麼都可以。

【發起人】吉嶺勝、稻枝敬太〉

想到這個點子的兩天後，同學會網站順利上線。爲了不讓人覺得這是可疑的網站，我們使用跟阿勝事務所一樣的網域。「敬太的名字應該要放前面吧。」雖然阿勝這麼說，但我只想當輔助的角色，所以就這樣了。

我在網頁的首頁放了心動小學的照片，附上說明的內文和留言表格，底下用對話框的格式排列著照片、顯示名稱和留言內容。我們請龍二和相澤同學先投稿，上傳當範本。

準備萬全之後，阿勝在同學群組發出邀請：「我們做了同學會的網站！歡迎大家點這個網址留言給我們。」就在我遲疑著要不要說我也是發起人之一時，「OK」「讚喔」和成串的貼圖接連跳出，讓我心跳加速。

我原本預期有兩、三個人參加就不錯了，結果一個晚上就有十個人留言。看著「因爲疫情一直沒辦法回滋賀，很高興能有這個機會跟大家交流」「看到懷念的名字就參加了，西武要關了眞的很震驚」等訊息，我在更新的同時也覺得很有成就感。

網站公開一週後的星期日，我跟阿勝又約在Millet碰面。門口的倒數來到「還剩16天」，讓人更深刻地體認到結束營業的那天就在眼前。

「我本來想最後跟家人再來一趟，但兩個小孩都說不喜歡吃鮮奶油。時代變了啊。」阿勝說著挖起鮮奶油送進口中。

我也想再來吃最後一次的冰淇淋百匯，有來眞是太好了。

「更新同學會網站很辛苦吧？有什麼需要幫忙的要說喔。」

「沒事啦，看大家的留言很好玩。」

一開始是抱著能找到拓郎的一線希望才架設同學會網站，現在留言越來越多，就像是眞正的同學會一樣。因爲阿勝在推特宣傳，也開始有原本聯絡不上的同學找上門來。還有人爲了回其他人的訊息，傳了兩、三次留言，感覺就像是以前的BBS一樣。

「畢業生人數是兩百人，但就讀過的有兩百二十人左右，這也是一大發現呢。」

有一個從三年級途中轉學進來念到四年級，短短不到兩年就搬家的田中同學，因爲湊巧看到阿勝的推特便傳訊息到網站來。

「安田現在住在肯亞也嚇了我一跳呢。」

「就是說啊，我記得他從小學就很喜歡佐田雅志*。」

同樣是六年三班的安田，因爲深受佐田雅志的歌曲感動，造訪肯亞，愛上當地就移居過去了。看到他傳來的訊息上寫著移居的原委和近況報告時，我忍不住在電腦前大叫出聲：「眞的假的啦！」

「沒想到會用這種方式辦成同學會。在網路上也有跟大家重聚的感覺，甚至還能聯絡上原本沒辦法來同學會的人，眞的是太好了。」

壓克力板的另一頭，阿勝用跟兩個月前截然不同的開朗神情吃著冰淇淋。

「我最高興的是敬太主動提出這個點子。」

突然聽他說自己的名字，害我把剛放進嘴裡的草莓整個吞了下去。

「我知道敬太會做網站，但沒想到居然能在這種地方派上用場。看到留言每天都在增加，我眞的很感動。」

「這沒什麼啦。」我謙虛地說著，淺淺地笑了。

阿勝會自願接下各種幹事或董事的工作，或許就是因爲這種成就感吧。離開Millet之後，我在一樓買了老媽喜歡的煎餅回去。

西武大津店結束營業前一個星期，我在確認網站的訊息時，差點忘了呼吸。

---

*さだまさし，日本創作歌手。東京藝術大學客座教授。成名作爲《精靈放流》。

「八月三十一日晚上七點，西武屋頂見。」

姓名欄只有「TAKURO」幾個字，筆名欄也是「TAKURO」，電話號碼和e-mail信箱欄位是隨便塡寫的亂碼。

我甚至沒有餘裕從螢幕擷圖，直接用手機翻拍電腦螢幕傳給阿勝。阿勝傳了一個喜極而泣的倉鼠貼圖過來，我突然驚覺現在高興還太早，冷靜了下來。

「但現在屋頂上不去了吧。」我提出非常現實的問題。

「拓郎只知道以前的西武，他一定以爲現在還能上屋頂吧。」阿勝有點答非所問。

「但也不保證眞的是他，這個留言先不更新吧。總之就我跟敬太一起到樓梯柵欄那。」

沒想到會收到拓郎傳來的訊息。明明是我們一心期盼的發展，但更怕最後是空歡喜一場。

「電話號碼跟信箱都隨便打，看來應該是惡作劇吧。」我又傳了愼重的回覆。

「最後一天我本來就打算去西武，如果沒人來就算了。」阿勝還是抱持樂觀的態度。

西武大津店營業的最後一天，八月三十一日，天氣非常晴朗。

獅隊女孩在我看《晃悠情報》的時候每次都有被拍到，有時候也會看到應該是她朋友的女生一起。想到今天過後就看不到了，就覺得有點失落。也是有點想見見她本人，但四十好幾的大叔盯著小女生，光想就很值得報警，想想還是算了。

《晃悠情報》節目一開始就是從熟悉的西武大津店正門口連線。畫面上拍到了比平常還要多的人潮，我在其中找到兩名獅隊女孩的身影，鬆了一口氣。

我關掉電視，把工作搞定，準備出門前往西武赴七點的約。一進店門就看到擺在門口不遠處的留言板貼滿了留言，在這個時代還能看到這麼多手寫的文字排在一起實在難得。我剛停下腳步看留言，穿著短袖襯衫、沒打領帶的阿勝，就提著公事包出現了。

「人好多喔。」

被留言板包圍的鐘台指針指向六點四十五分。店內廣播著由於疫情關係，不舉辦結束營業的紀念活動，但人潮依然在打烊時間的八點前不斷聚集。就算再怎麼宣導避免群聚，我們怎麼能不來目送西武大津店的最後一刻呢。陌生老太太向阿勝搭話，我聽見他回答：「對啊，好寂寞喔。」

電扶梯也大排長龍。

「最後機會了，我們走樓梯吧？」

就算人再怎麼多，搭電扶梯一定還是比較快。但都最後了，我還是想走一趟樓梯。阿勝也同意，跟我一起穿過咖啡廳旁瀰漫著咖啡香的走道，前往大樓梯。

樓梯上偶有一些零零落落拍照的客人，跟賣場的喧囂截然不同。剛開始爬樓梯時腳步還算輕快，爬著爬著開始喘了起來，加上又戴口罩，更是有點上氣不接下氣。才爬上四樓，我的膝蓋就開始軟了。

「我們被店長罵的地方，是不是就在這裡？」

在五樓的樓梯間，阿勝說道。現在的我們就算想跑也跑不動了。

爬上七樓的時候，我跟阿勝同時「咦」了一聲。原本擋在那裡的柵欄被移走了。

「是已經先撤走了嗎？」

我跟阿勝對看一眼、微微頷首，繼續往前走。戰戰兢兢地把手伸向通往屋頂的門，它就像這四十四年來從未上鎖似的咿呀一聲打開，外頭的熱風吹了進來。我和阿勝不發一語地走了出去。

太陽已經下山了，但四周的燈還亮著，看得很清楚。有幾個客人拿著手機從屋頂拍攝風景和西武的招牌。圍欄損傷累累、塗漆剝落，讓人感受到這四十四年光陰的風霜。

「阿勝！敬太！」

我們望向聲音的方向，鳥居前站著一個人影。看著阿勝全力狂奔過去，我心想他到底哪來的體力，也一面追了上去。

「拓郎！」

就這麼一次，在阿勝開口前我就認出拓郎了。那對濃眉和雙眼皮，跟我記憶中的拓郎一模一樣。

「阿勝，你完全沒變耶！」

「你也是啊，拓郎，沒什麼變嘛。」

阿勝和拓郎戴著口罩，在西武大津店的屋頂對望。一年前的我完全想不到會有這一天。

我握緊了雙手，抬頭望向夜空。跟拓郎最後留下的苦澀回憶，終於能在今晚改寫。

「那個網站是敬太做的喔！」

聽阿勝像是炫耀似的這麼說，拓郎往我的肩上一拍：

「很行嘛！敬太以前就是這樣，只要認眞起來就很可靠。我以前中暑昏倒的時候，他還幫我買運動飲料。」

我想不起詳細的狀況，但確實曾經在某個炎熱的夏天，跑去自動販賣機幫拓郎買運動飲料。

「是救命恩人了啊！」阿勝佩服地說。

「拓郎，你是怎麼找到那個網站的？」我難爲情地轉移話題。

「我妹在查西武的事的時候，找到阿勝的推特貼給我看，說『這是哥那一屆吧？』」

關鍵果然是西武。我深深感謝素未謀面的拓郎妹妹。

「屋頂平常是關著的。是因爲最後一天才開放的嗎？」

阿勝這麼一說，拓郎啊了一聲解釋道：「是員工來幫忙打開的。我跟在樓梯上遇到的人一起到屋頂上，員工本來叫我們離開，但其他人說『最後一天了，拜託讓我們上來』，他才偷偷放行的。」

「咦，那果然不能出來嘛，我們回去吧。」

阿勝慌慌張張地轉身要走，拓郎笑著說「果然是阿勝」，跟了上去。我多停留了一下，拉下口罩深深吸了一口屋頂的空氣。

「對了，拓郎你怎麼會突然轉學？」

「那陣子家裡發生了一些事，就搬家了。」

「是喔。」

其實我很想問「一些事」到底是什麼事，但能見到拓郎，這些都無所謂了。最重要的是我想要三個人一起度過在西武的最後時光。

「好，我們去天堂鳥園吧！」拓郎說，我跟阿勝笑了出來：「早就沒了啦！」我們又好好地看了一次「西武大津店四十四年足跡回顧展」，在Millet前合照，對面積縮小的玩具賣場感嘆，在紳士服賣場聊著買第一套西裝的回憶。早就熟悉的店面，跟拓郎一起走過又有了新發現。阿勝不斷說出跟拓郎的回憶，我邊感慨這三十年的漫長時光，邊一搭一唱地說著「好懷念呀」。

聊到拓郎住在大阪，我們才知道他現在是垃圾車駕駛。拓郎原來就住在我之前每天通勤上班的地方，感覺真不可思議。

打烊時間到了，廣播傳來〈螢之光〉的旋律。

「好像畢業典禮喔。」我說。

「我們一起唱吧。」拓郎說著就唱了起來。

「不要鬧了，丟臉死了啦！」

拓郎不理阿勝制止，繼續唱著走音的〈螢之光〉。我小聲地跟著唱之後，旁邊跟我們差不多同齡的一群男人也跟著唱了起來，再旁邊的人也跟著唱，歌聲就這樣慢慢擴散了出去。我從沒在畢業典禮上哭過，這時卻有點鼻酸。

只有東側的出入口一直開到最後，店長在玻璃門內對外深深鞠躬，拉下了鐵門。聚集的人群紛紛拿出手機拍照錄影，大聲說著「謝謝」。

在鐵門完全關上的瞬間，我吁了一口氣，說不上是嘆息或是感慨。四十四年的歷史就這樣結束了。我一語不發地站在原地，看著人牆慢慢散去。

「我明天還要早起，先走了。」

拓郎的聲音讓我回過神來。

「留個聯絡方式吧，電話也可以。」阿勝哀求似的說，拓郎說著「眞拿你沒辦法」，看起來卻沒有不甘願的樣子，乾脆地掏出手機。

在他們交換聯絡方式時，我拿出手機打開推特，寫下「謝謝這些年的回憶」，上傳了鐵門剛拉下時的照片。阿勝看到這則發文，會發現TAKURO就是我嗎？還是會認爲這個人也只是正巧在附近呢？

「明年辦同學會，你一定要來喔！」

「我能去就去。」拓郎留下這句話，往車站的方向走去。我跟阿勝也一直望著同一個方向，直到看不見拓郎的身影。

「多虧敬太才能見到拓郎，謝謝你。」阿勝轉向我說道。

或許眞的是這樣吧，但我忍不住想要帥：

「別謝我，謝謝西武吧。」

除了我們之外，還有其他捨不得走的客人也逗留在附近。感覺眞的就像是一場畢業典禮。正當我想繼續沉浸在餘韻裡，戴著安全帽的工人拿著塑膠布走來，將路邊的招牌蓋了起來。

串連成線

當成瀨明莉走進一年三班教室的瞬間，我不禁雙手抱頭。今天是滋賀縣立膳所高級中學的開學典禮，沒想到我偏偏跟最麻煩的女生同班。彼此的名字都還不知道的同學，看到成瀨就像是看到琵琶湖出現鯊魚似的全都僵住了。

我戰戰兢兢地抬起頭，再度打量了一下成瀨。我們之前就讀的大津市立心動中學穿的是西裝制服，看她穿水手服的感覺很新奇。但重點不是這個。

成瀨頂著一顆大光頭。

如果這時有人吐槽：「成瀨，妳是加入棒球隊了嗎？」那個人一定會成爲英雄吧。這是在高中第一天確立絕佳地位的好機會，但對我這個生活在陰影中的人來說，這樣做的門檻實在太高了。而且我更害怕萬一大家誤以爲我跟成瀨很要好，會對我避之唯恐不及。成瀨的死黨島崎美雪，一定能做出最精準的吐槽吧，可惜她念的是別間高中。

我暗自期待班上其他人開口，但教室裡一片死寂。成瀨不以爲意地確認貼在黑板上的座位表。座位是照座號排的，成瀨是三十一號，她在走廊數過來第二排的最前排座位坐下。我、大貫楓是十二號，位子在靠窗第二排的最後面，所以全班同學的反應盡收眼底。有人完全不在乎成瀨、有人不時偷看，也有人毫不掩飾地直盯著她。

另一個一樣是心動中學畢業的高島央介，我行我素地滑著手機。他原本就是文靜宅男型，不是那種會挺身而出的個性。眞希望有會吐槽成瀨的男生。

在近年來提倡包容多元性取向與外貌的風氣下，「吐槽光頭的女高中生是不好的」，這樣的認知當然值得欣慰。但有個白目點的人跑去問也不會怎樣吧。我盯著成瀨灰色的後腦勺，用手指捲著自己的髮梢。

我到昨天還在想像上了高中可以轉換形象。上高中後，人際關係就可以全部歸零重來，我不敢奢望打進上流小圈圈，但至少要進入中間的團體。可以自在地跟男生聊天，交男朋友，然後成績也還過得去，學校活動也積極一點參與。爲了達到這個目標，第一印象很重要，所以我下定決心跑了一趟髮廊。髮型整理好，看到鏡子的時候，我忍不住「哇」了一聲。我這樣滿懷期待的心情，全都被成瀨的光頭給嚇飛了。

之後前往體育館參加開學典禮，我得知更驚人的事實。成瀨是新生致詞代表，不知道是因爲她是入學榜首，或是因爲其他原因而獲選。成瀨站上講台的瞬間，現場雖然一片寂靜，卻感覺得到隱約的騷動，只有一年三班的學生像事先知道隨堂考題目一樣特別冷靜。成瀨用清亮的聲音讀完致詞稿，完美地行禮，回到座位上。

成瀨從小學就常常領獎，琵琶湖繪畫比賽獲得琵琶湖博物館長獎、大津市民短歌比賽得了大津市長獎，全校朝會的表揚時間她可以說是固定班底。在絕大多數扭扭捏捏的領獎者當中，就只有成瀨堂而皇之地面對校長，敬禮的順序和時間點也非常完美。我也曾經因爲讀書感想得佳作上台領過獎，但在眾人的視線下，連敬禮都做不好。

開學典禮結束後，大家回到教室，聽老師說明接下來的行事曆，第一天的上學日便結束了。

我家是距離高中約八百公尺的透天厝，還不到需要騎腳踏車的距離，所以走路上學。跟以前國中時要爬坡的通學路比起來，這段路算平坦好走。開學典禮結束後，許多家長都在校舍外等著接孩子，但我媽已經自己先走回家了。

「爲什麼明莉剃光頭啊？」

一回到家，媽媽開口就這麼問。媽的語氣聽起來絕不是在嘲笑成瀨，只是單純感到困惑而已。我也隨口應聲：「不知道爲什麼耶。」

「明莉從小就是個有點怪的孩子呢。她上次得的那是什麼？劍玉的大津市冠軍嗎？」

去年秋天，在 BRANCH 大津京購物中心舉辦了比賽指定動作完成次數的劍玉＊大賽，成瀨整整四個小時沒有掉球，最後是主辦方喊停，將冠軍頒給成瀨。這項壯舉我只在《近江日報》讀到，但完全可以想像現場的大人們困惑的樣子。

「她媽媽明明是普通人啊。」

「就是啊。」我回了這麼一句，就把自己關進房間裡。究竟何謂普通是個大哉問，不過如果不起眼就叫普通的話，那成瀨一點也不普通。

我跟成瀨的相遇，就是在九年前的這個時候——大津市立心動小學入學典禮當天。我之前上的是比較遠的幼稚園，所以全班同學沒一個認識。五葉木幼稚園的同學以成瀨爲首，形成了最大的小團體，我聽見不認識的媽媽們交頭接耳地說：「跟明莉同班就可以放心了呢。」

實際上成瀨確實很優秀，不管哪一科成績都是最好的。低年級時我很單純地覺得她好厲害，但眼看成瀨總是淡然地做出成果，我也越來越不爽。其他女生好像也跟我一樣，後來大家開始避著成瀨。

上了五年級，我們又再度同班。這時已經沒有人叫她「明莉」，大家總是竊竊私語地笑著說：「成瀨那個樣子實在是……」

就算大家明目張膽地排擠成瀨，她看起來也一點都不在意。上廁所、換教室都獨自行動，體育課要兩人一組的時候，成瀨一定會落單，但她也是一副「班上人數

---

*又稱劍球、托球，日本傳統民間遊戲。劍爲十字木頭的部分，玉爲球體。

是單數總會有人落單」的表情，毫不在乎地跟老師一組。大家私底下也在取笑她，但成瀨好像眞的什麼都沒聽見。

五年二班的女生分成上流、中間、下等三大群，我就是在這時候意識到自己屬於下等的那一群。跟男生自在互動、漂漂亮亮的是上流群體，一群女生自成一國、開心混在一起的是中間群體，不屬於以上兩者、不起眼的人就是下等群體。而有一個人不隸屬於任何群體、彷彿飛人般的存在，就是成瀨。

對我們來說，成瀨是最好的替死鬼。如果不是成瀨，上流群體的矛頭就會針對我們而來。

成瀨在朝會領到獎狀那天，班上的領頭羊凜華和鈴奈，從成瀨的置物櫃拿出裝著獎狀的黑色證書筒。我們這群隱約察覺到接下來的發展，全都僵在原地看著她們。她們兩個向我們走近說：「要不要把成瀨的這個藏起來？」

不用想都知道拒絕才是對的，但要是拒絕了，可以想見接下來我們的立場會如何。就在我們支吾不語的時候，凜華突然點名我：「好嘛，阿貫妳這麼聰明，一定可以想到要藏在哪裡吧？」

我不否認當時在滿心困惑中閃過了一絲喜悅。就連我向來不喜歡的「阿貫」這個暱稱，聽起來也充滿凜華釋出的好意。

就在伸手接下證書筒的下一秒，我從竊笑的凜華和鈴奈身後看見成瀨的身影。得救了，我心想。

「啊，這個，掉在地上了。」

我走向前，將證書筒遞給成瀨。成瀨接過證書筒，一語不發地直視我的雙眼。我被她眼中滿滿的敵意震懾到說不出話來。

成瀨接著將視線轉向凜華和鈴奈。她回到座位上後，凜華和鈴奈扯開嘴角笑著說「什麼跟什麼啊」，但很明顯是在逞強。

都是高中生了，應該不會有人做出藏東西這種幼稚的舉動，但說不定還是會有人看成瀨不爽。我可不想再跟那時一樣掃到颱風尾。我看著今天發的年度行事曆，思索著到底該如何應對才是正確答案。

隔天班會時間進行了自我介紹，我原以爲就是照座號順序，沒想到導師多此一舉地讓一號和四十一號猜拳，誰贏了就從誰開始，結果變成從後面開始。成瀨先自我介紹，說不定會加深我跟她是同一所國中畢業的印象。我內心暗自祈禱她不要說校名，但成瀨坦然說了：「我叫成瀨明莉，大津市立心動中學畢業，住在鳰之濱。」

而且成瀨還帶了她的劍玉，特地把講桌搬到一旁表演起來。紅色木球在大盤、中盤、小盤、劍尖跳動，飛行球這招成功後，還露了一手讓球消失的魔術。爲什麼成瀨要這麼出風頭呢？我悄悄嘆了口氣。在短暫的寂靜之後，響起了拍手和歡呼聲，全班同學都笑著鼓掌。成瀨倒是沒有表現出特別高興的樣子，面無表情地將講桌復位，回到座位上。

接下來一掃剛才的緊張氛圍，自我介紹也跟著輕鬆起來。原本了不起說說自己喜歡的學科、國中時參加的社團，結果之後大家也提到喜歡的 YouTube 頻道，或是國中時發生的糗事之類充滿親切感的內容。

我也一面聽著其他人的自我介紹，一面在腦中組織自己要說什麼。我喜歡玩電動，但要說哪一款才是大家都喜歡的呢？寶可夢嗎？還是明星大亂鬥？或是動森？只要說出喜歡的角色，說不定有同樣興趣的人就會來找我聊天。

輪到我的時候，我站到台前：

「我叫大貫楓，大津市立心動中學畢業，平時走路上學。」

我的視線無意間向左飄，跟成瀨對到眼。她的眼神中沒有殺氣，卻也看不出在想什麼，加上那顆光頭又更讓人毛骨悚然。我在腦中寫下的便條紙就像瞬間被風吹走似的。

「我、我國中參加桌球社，呃，擅長的科目是……國、國語，請多指教。」

就像不良範例的自我介紹，有人聽了會想跟我當朋友嗎？同學們似乎也聽累了，掌聲零零落落。沒想到就這麼乾脆地暴露出自己無趣的本性，早知道就不要看成瀨了，但千金難買早知道。

午休時間，坐在我前面的大黑悠子向我搭話，跟我一起吃便當。悠子的自我介紹跟我一樣平凡，裙子也很長，渾身散發出一股下等群體的氛圍。我想自己果然就是適合跟這種人在一起吧，並告訴自己不能瞧不起寶貴的朋友候選人。

「我可以叫妳小楓嗎？」

「嗯。」面對這個擺脫「阿貫」的大好機會，我在她語音未落時就急著應聲：「我也可以叫妳悠子嗎？」

「當然可以。」

確認彼此的稱呼方式總讓人有點難爲情。

「這一班名字A開頭的人也太多了吧？我還是第一次座號是二位數呢。」悠子說。我一面想著有沒有什麼機會能成爲班上主流的話題，一面附和：「就是啊。」

「小楓，妳家住得很近吧？好羨慕喔。」

悠子住在甲賀市，早上六點多就得出門，轉乘兩次才終於到膳所本町站。剛剛聽大家自我介紹，我發現班上同學來自縣內各處。如果發揮自己在地人的優勢，提供當地資訊，說不定有機會躋身社交焦點，但我實在想不出能讓高中生感興趣的資訊。

「悠子想好要參加什麼社……不對，要參加什麼隊了嗎？」

膳所高中的社團叫校隊，聽說去年度的新生有九六％都入隊。我國中會加入桌球社，只是因為從國小就很要好的朋友邀約，但一直打不好，並不打算上了高中還繼續打。

「還沒決定，要不要一起去參觀體驗？」

先不說要不要跟悠子參加同一隊，至少現階段可以免於獨自活動確實值得高興。我跟悠子之間連起了一條細細的線。放眼教室，可以看到四處聚集了許多小圈圈，人與人之間的線串連了起來。這些線，會慢慢像蜘蛛網似的彼此串連、鞏固群體，然後形成階級。不像小朋友的連連看那樣，光看黑點的配置就知道答案。人際關係往往會在意外的點與點之間串連成線。

我每年都在班上的角落，像是要畫出人物關係圖般仔細觀察交友關係。國中小學就算重新分班，也還是會有認識的人同班，只要能在既有的關係圖上做出微調就很好了。高中幾乎可以說是完全打掉重練。在高中華麗改變形象是無望了，我決定找到不顯眼的舒適圈。

我放眼望向成瀨的位子，發現她人不見了。一定又是自己一個人晃到哪去了吧。我實在沒辦法像她那樣，毫不在意旁人眼光地活著。

「還有其他人也是心動中學畢業的吧？有誰啊？」

悠子的問題讓我心頭一驚：

「啊，我看看，高島同學和……成瀨同學。」

「成瀨同學是那個表演劍玉的嗎？」

看來她對成瀨是心動中學畢業這件事沒有留下印象。想到剛剛那些擔心沒意義，我不禁有些沮喪：

「嗯，但我跟她也沒什麼交集啦。」

我跟成瀨最接近的時刻，就是小五的證書筒藏匿未遂事件，她就算不記得我的名字也不意外。

放學後，我和悠子一起參觀了英語隊、攝影隊、文藝隊，每一隊都對我們很親切，實在是無法決定。

「對了，我也想去看看歌牌*隊。」悠子說。

---

*使用印有和歌詩集《小倉百人一首》的紙牌來玩的紙牌遊戲。

膳所高中的歌牌隊，每年都會晉級全國大賽，是賽場名校。大津有許多關於歌人*1的神社佛閣，學校也常出相關的作業，對歌牌多少是有點熟悉，說不定也可以挑戰看看。

一走近講堂二樓的和室，就聽見裡面傳來《百人一首》*2的詠唱聲。

「安靜一點比較好吧。」悠子小聲地說著往裡面探頭，就看見一個光頭女生跟對戰對手相對坐著的身影。才讀出上句的第一個音，她就像棒球隊員滑壘似的往敵陣的牌大膽撲出上半身，從四散的牌中取出一張。

「成瀨學妹好快喔！」

「如果能學會更精練的動作，一定能升上A級。」

在學長姊的稱讚中，成瀨依然不動聲色。我聽說她國中參加田徑社時就拚命練長跑，在歌牌隊有辦法跟隊員們好好相處嗎？連我這個局外人都忍不住擔心起來。

「要體驗歌牌嗎？」穿著黑色T恤的學姊走過來詢問。

「喔，這不是大貫嗎。」成瀨看到我，舉起手。突然被她這麼一叫，我整個人僵在原地說不出話。

「大黑也一起啊。」

「妳怎麼知道我的名字？」悠子十分驚訝，成瀨也一臉詫異：「自我介紹的時候，妳不是說妳叫大黑悠子嗎？」

「成瀨同學要加入歌牌隊嗎？」

「我是這麼打算，趁著春假看完了整套《花牌情緣》*3。」

「《百人一首》妳都記起來了嗎？」

「『決字*4』都記起來了，但今天是第一次實際搶牌。」

「好厲害喔！」悠子忍不住讚嘆的同時，我只能在一旁陪笑。我才不想跟成瀨加入同一隊。雖然很想趕快離場，但看悠子興致勃勃的樣子，我決定陪她參加體驗課。

我們分配到的是針對初學者，淺淺標出決字的歌牌。一面聽學長姊講解，一面將牌排好，聽詠唱的歌牌內容搶牌。我始終提不起勁，只搶就在眼前的牌。在不遠處跟學長姊對戰的成瀨，搶牌動作依然十分激烈，光是要把亂掉的牌排回來就花了

*1 日本傳統詩歌形式的和歌創作者。
*2 日本鎌倉時代歌人藤原定家挑選一百位歌人彙編而成的詩集。
*3 末次由紀以競技歌牌爲題材的漫畫作品，並改編爲動畫及眞人電影。
*4 確定歌牌的決定字，聽到決字無須聽完整首就能搶牌。

不少時間。

體驗完歌牌隊後，我們結束了校隊參觀，打道回府。

「小楓想好要加入哪一隊了嗎？」

「嗯……還不曉得耶。」

「我是想加入歌牌隊，但我家太遠了，感覺好累。」

悠子這麼說，讓家就住在附近的我產生一股愧疚感。

「我回家再想想。掰掰。」

「掰掰。」

光是參觀校隊就累壞了。剛走進超商想買點甜的，就看到島崎。看她穿著跟我們不同的制服，我再次體認到我們已經不同校了。

「啊，阿貫！」島崎結完帳看到我揚聲打了招呼：「妳的髮型很好看耶。」

她注意到我的髮型讓我很開心，忍不住伸手撩了一下頭髮。新同學不知道我以前的髮型，沒人提起也是沒辦法的事，但難免有些落寞。

「妳去燙直了嗎？好漂亮喔。」

到上個月我都還頂著毛躁的自然捲，明明應該順著地心引力垂下的頭髮，整個蓬鬆橫向發展。我總是維持一定長度，不剪太短，綁成一束，但老是整理不好。

我在春假下定決心燙直，花了五小時好不容易獲得一頭直髮。這下總算跟普通的女孩子站在同樣的起跑線了。

「對了，妳知道嗎？成瀨剃了光頭喔。」島崎笑著說。

「嗯，我跟她同班。」

「欸，是喔？感覺怎麼樣？」

島崎毫不掩飾對成瀨的好感。小五的時候也一樣，女生在講成瀨的壞話時，島崎總是悄悄地淡出。雖然沒看過她在教室跟成瀨說話，但能明顯感受到她沒有跟成瀨的敵人站隊的意思。

成瀨被地方電視台報導爲「天才泡泡少女」是個轉捩點。節目播出隔天，包含島崎在內的中間小圈圈女生圍繞著成瀨。凜華和鈴奈還是冷冷地說著「上電視也太蠢了吧」，我們這些下等群體也沒有靠近她。但也有男生說「成瀨好厲害」，可以感覺到整個風向都不一樣了。

上了國中後，成瀨和島崎組成搭檔講漫才，在校慶表演段子。還聽說她們參加M-1大賽。

我說了成瀨露了一手劍玉和魔術表演，抓住班上同學的心，還在歌牌隊如魚得水的事，島崎非常開心地說：「果然很有成瀨的作風。」要是哪天成瀨失去「成瀨的作風」，島崎會拋棄她嗎？不，島崎一定會接受全新的成瀨吧。

「下次再跟我說成瀨的事吧。」島崎揮揮手離開了。

就算對我沒興趣，也不該這麼說話吧。難道她以爲我也對成瀨有興趣嗎？我煩躁不已，買了平常不會買的、擠了滿滿鮮奶油的布丁。

隔天早上，悠子說她決定加入歌牌隊。

「高中生活就這麼一次，我不想留下遺憾，決定挑戰看看。」

我猶豫了一下是不是也要加入，但悠子看起來沒有要約我一起的意思，話題轉到了回家作業。

我懶得管校隊活動，一放學馬上回家，結果不到四點就到家了。如果有比賽到家時間的「回家隊」，我肯定有機會成爲強力選手。輸在起跑點，就這樣繼續過著不起眼的高中生活，或許才是我的作風。國中開學時也是這樣，我原本期待跟來自其他小學的人相處會有什麼改變，結果什麼也沒有。我努力摸透班上的權力結構，努力不落單、不被霸凌。

我會這麼恐懼被霸凌，是在小學四年級的時候，有一個住在滋賀縣的小四女生，因爲受到霸凌跳樓自殺。

之前也看過小孩自殺的新聞，但住在同一縣內同齡女生的自殺事件，令我大爲震撼。她一定也是看著琵琶湖長大的，還活著的話，明年就可以搭「湖之子」渡輪了。

霸凌能徹底消滅當然最好，但我也知道事情沒那麼簡單。不引人注目、不被孤立，平安度過求學生涯，是我所能做到最好的辦法。

其實頭髮本來是想更早去燙直，但不想被同學覺得我愛漂亮，所以一直忍著。注意不變胖也很重要，於是也克制著不吃甜食。多虧這些努力，我一路平安順遂地從國中畢業了。

我想著至少功課要好好做，打開數學題庫的瞬間，突然閃過一個念頭：現在開始認眞努力念書，有辦法考得上東大嗎？因爲害怕成績太好也會顯眼，一直以來都避免太用功。覺得還可以再努力一下的時候，也會在心裡踩煞車，告訴自己念到這邊就差不多了。國中期間的複習考，我總是保持在第十名到二十名之間。其實有成瀨這個萬年榜首在，這方面或許是我擔心太多了。

只要決定以考上東大爲目標努力念書，交不到朋友、沒加入校隊活動，就全都能合理化了。

好，試試看吧。

訂下明確的目標後，我突然覺得神清氣爽了起來。

考上東大當然是很好的目標，但要是因爲以東大爲目標而讓大家覺得我難以接近，就本末倒置了。我依然留意著跟班上同學維持良好關係的友誼線，開始背起英文單字庫。

距離大學考試的時間，每個人都是平等的，但我有家離學校很近的優勢。一想到大家把時間耗在通學的時候，我可以在書桌前多做幾題，就覺得身處這樣的環境眞是太幸運了。

我也跟家人說了想考東大，媽的反應是「考得上嗎？」「京大比較近啊」這種很實際的考量，爸則莫名樂觀地說「楓一定考得上」。小我三歲、喜歡猜謎節目的妹妹說，「姊姊如果也能上《東大王》*就好了」，但我實在不覺得自己適合上猜謎節目。

到了五月下旬，我依然跟悠子一起吃午餐。我以爲她會以隊上的人際關係爲優先，但或許是因爲班上加入歌牌隊的只有成瀨，她還是維持著跟我的關係。這下至少到三月都不用擔心落單了吧。

據說成瀨在歌牌隊逐漸嶄露頭角，正在爲了取得段位拚命練習。

「成瀨同學會跟歌牌隊的人聊天嗎？」

聽我這樣問，悠子露出爲什麼要這麼問的表情：

「嗯，會聊啊。大家都叫她莉莉。」

我無聲地重複了「莉莉」，跟想像實在差太多，嘴裡有種沙沙的感覺。

成瀨在班上依然我行我素。這在小五讓她成爲女生排擠的對象，但到了高一就只是在大家覺得「這人有點怪呢」的狀態下平安度過。她的頭也變成黑色，讓人有點懷念灰灰的時期。

跟成瀨一樣，我的頭髮也長長了，每一根頭髮都在自然捲的威力下開始蓬起來。當然跟以前比還算是在直髮的範疇內，想到往後要反覆燙直就心累。我瞬間閃過不如剃光的念頭，但實在不想讓人覺得我在學成瀨。

學校開始爲七月的湖風祭做準備，可以看出學生之間越來越團結。我們班決定做鬼屋，我跟悠子一起加入不起眼的大道具組。

眞要說的話，與其把時間花在這種事上，我寧可用來念書，但也不想製造任何

*TBS電視台的猜謎節目，以東京大學在校學生爲主要班底。

樹敵的機會。我跟其他組員也稍微熟到會聊幾句了。有人主張積極參與學校活動才是高中生活的本質，這心情我懂，但真的不想把精力用在念書以外的地方。

所幸用功念書的成果十分顯著，期中考的成績也很不錯，不枉費我把任天堂Switch封印起來。我跟補習班老師說想上東大，老師說只要這樣努力下去很有希望。

星期六我會去補習班的自習室專心念書。補習班在怦然心動坡上，往那邊走去的路上會看到成瀨和島崎在馬場公園練習漫才。偶爾會有帶著小孩的家長停下腳步觀看。

我小心不被她們發現，往公園的反方向加快了腳步。馬路對面、原本是西武大津店所在地的地方，已經開始動工蓋起公寓。平常總是不經意地走過，這時卻突然對西武已經不在的事實感到一陣落寞。

之前就聽說在湖風祭前後情侶會突然變多，一年三班也不例外地瀰漫起甜蜜的氣息。我捕捉著誰跟誰告白的小道消息，更新人物關係圖。也有人跟學長姊或別班的交往，人際關係向外拓展；有人脫離了原本的群體；也有人維持著原先的關係線。有一入學感情便很好，就這樣成爲情侶的人，也有出乎意料的組合，就像看實境秀節目一樣有趣。

我原本決定這樣事不關己地看戲，沒想到意料之外的事發生了。

「大貫同學，要不要一起回家？」

走出校門聽到有人叫我，一回頭，看見同班的須田直也站在身後。須田跟我一樣是大道具組的，聊過幾次，但聊天內容應該不會讓他對我產生好感。他態度和善，對我們女生一點殺傷力也沒有，沒想到他會朝我拋出線來。

我記得須田說過他住在草津站附近的公寓，怎麼想都不可能跟我這個走路上學的人順路一起回家。

「為什麼找我？」

須田稍微看了一下周遭，然後說：「大貫同學，妳想考東大吧？」

「你怎麼知道？」

須田拉開背包，我看見《東大英語1》的綠色封面。這是補習班的教材，我也用同一本。

「我無意間看見妳的書包裡也有這本。我是上草津站前分校。」

我一語不發地垂下視線，須田又開口：

「就是、那個，我不是說要交往什麼的，只是想說如果能交流資訊就好了。」

雖然希望馬上就被戳破，但我反而覺得這樣也不錯。感覺圍繞著我們的雲霧散去，須田臉上的黑框眼鏡，連鏡架我都看得一清二楚。

「我正準備回家念書，須田同學要一起來嗎？」

我脫口而出的下一刻，就爲自己這麼大膽的邀約感到後悔，但我們已經確認了彼此不是那樣的關係。須田說「大貫同學不介意的話就好」，跟著我回到家裡。

打開家門鎖的瞬間，猛然覺得麻煩起來。我的房間是打造成完全屬於自己的空間，不適合再邀請另一個人進去，上了國中之後連女生都沒來過。

我用房間很亂爲由帶他到客廳，媽跟妹妹都要六點左右才到家。什麼都沒招待好像也不太好，所以我拿出杯子倒了麥茶給他。

「總之先寫數學作業吧？我想知道大貫同學都是怎麼做的。」

我原本以爲跟其他人一起念書會分心，但須田的存在感薄弱，完全沒有影響。我們解完題之後，分享著「這邊滿難的」「這裡可以節省時間」之類的感想。我詳細說明如何推導到解答的思考流程，須田也會回一些「我懂」「好厲害喔」之類，讓人心情愉悅的話。我一直以爲自己有溝通障礙，看來說不定只是沒有聊天對象而已。

「八月的校園參觀，大貫同學要去嗎？」

我在網站上也看到東大會開放校園參觀，但現在才高一，沒想過要特地大老遠搭新幹線過去一趟。在疫情之前我跟家人去過迪士尼樂園，後來就再也沒搭過新幹線。國中的校外教學本來也是要去東京，最後卻是伊勢神宮和神宮前的托福橫丁一日遊而已。

「須田同學會去嗎？」

「還不確定，大貫同學去的話我就去。」

這還是第一次有人對我這麼說，連我自己都明顯感覺到內心的雀躍。

我掏出手機再度搜尋了東大的校園參觀。那天補習班有暑期課，但為了參觀大學，請假應該沒關係吧。

「就去看看吧。」

「眞的嗎？我可以訂新幹線的票，錢之後再算就好。」

我突然想起除了新幹線之外，還可以搭夜巴或用青春十八劵*。第一時間想到的交通方式一樣，代表家庭環境和金錢觀很接近吧。

「如果住一般商務飯店就可以的話，我也可以順便訂兩間房。」

---

*ＪＲ東日本配合學生假期發行，可不限次數搭乘ＪＲ線的旅遊套票。

聽到飯店這個詞讓我湧現奇妙的緊張感。須田說得面不改色，在意的人似乎只有我，這也讓我有些焦躁：

「謝謝。不過新幹線跟飯店我也會自己查一下。」

現在進行的是前所未有的計畫。我這輩子跟朋友出去，最遠只到過京都，現在突然就要一對一單獨去東京，沒問題吧？

「這兩年因爲疫情停辦，今年有辦眞是太好了。」須田就像是小學生般天眞地期待著。

那天晚上，我說想跟朋友一起去參觀校園，媽媽驚訝地說：「妳交到朋友了？」要是被她知道是男生感覺會更麻煩，我只說他住在草津、加入化學隊這些無關緊要的訊息。

那天起，我跟須田就會傳 LINE 或私訊聊天。或許是因爲交到新朋友，讓我在不自覺間鬆懈了吧。跟平常一樣和悠子一起吃午餐的時候，她突然丟出意料之外的一句話：

「小楓，妳根本就不在乎我吧。」

說來抱歉，就連悠子講出這句重量級發言的瞬間，我也在確認其他團體的人際關係變化。對於她突如其來的這句話，我連否定「沒這回事啊」都說不出口。

「我之前就覺得妳好像對我沒什麼興趣。這也是勉強不來的啦，但也不能明顯到讓我有感覺吧。」

她的語氣十分冷靜，但眼神有些游移，看得出是鼓起很大的勇氣才說出口。我在面對島崎的時候也有同樣的感覺，但我什麼都說不出口。

「我猶豫一陣子了，明天中午開始我想去別的地方吃飯。」

這時我才驚覺事情的嚴重性：

「對不起，我沒有那個意思……」

「不用勉強沒關係，妳就跟須田同學一起吃吧。」

我自認非常謹慎地掌握了人際關係的位置，這時突然覺得被全盤推翻。連我都看得出來的事，悠子當然也看得出來。我忍不住反問：「悠子妳呢？」

「我每天早上搭電車的時候都跟一個五班的女生同車，我想跟她一起吃。」

慘敗。悠子有另一個通勤電車的小圈子。我沒想到家住得近會成爲交朋友的劣勢，只能又說了一聲「對不起」。

「不，我也沒那麼生氣啦，只是想要轉換一下心情。小楓，妳也轉換一下心情比較好。」

我在悠子面前突然變得好渺小，才發現我一直以來都太看輕她了。她也有可能跟班上其他女生聯手攻擊我。雖然說沒生氣，但我也不知道再來要拿什麼臉面對她。

隔天我發燒了。雖然擔心這時要是再請假，我的立場會更危險，不過疫情之後，學校規定就算只是小發燒也得請假。我實在睡不著，躺在床上打開英文單字庫，卻怎麼也看不進去。要是悠子有傳 LINE 來，我就能放心了，但手機一直靜悄悄的。

傍晚，門鈴響了。我想不應門也沒差，當作沒聽見，結果又響了一次。我懷著一絲說不定是有人來探望的期待打開了門，站在門外的是成瀨。

「我拿通知單來給妳。」成瀨遞來保健注意事項單，上頭印著「早餐一定要吃」這種無關緊要的內容。

「妳來幹麼？也沒必要特地跑這一趟吧。」

我脫口而出後也覺得自己有點凶。成瀨倒是沒有一絲怯意：

「因爲我住得近。」她說：「而且我是保健股長，有必要守護班上同學的健康。」

「要妳管喔。」

我大力關上門。磨砂玻璃另一頭，成瀨的身影站在原地幾秒，最後轉身離開。看她那個樣子，要是我繼續請假，她一定會每天來。我打開手機上網搜尋退燒的方法，查到一半，須田大概是聽說我不舒服，傳了「好好休息喔」的訊息過來，但我沒空理他。我回傳了「謝謝」字樣的皮卡丘貼圖，在枕頭上鋪保冷袋、按可以退燒的穴道，把所有可行的辦法都試了一遍。

或許是努力有了成效，隔天早上燒就退了。這還是我第一次在看到體溫計顯示三十六度時，做出勝利的姿勢。到學校時，悠子關心地問我有沒有好一點，明明是我有錯在先。我有點愧疚。

「我昨天跟五班的人一起吃午餐，她們一大群人，我總覺得不太自在。今天開始可以再一起吃嗎？」

我好想緊緊握住悠子的手，但又擔心這麼做她會覺得噁心，還是作罷。

「眞的嗎？」我努力用開朗的口氣問，悠子點了頭。

午休時間我把之前一直沒說要考上東大的目標告訴她，也解釋了跟須田的關係：

「對不起，我覺得有點不好意思，就一直沒說。」

「難免嘛。」

悠子也告訴我她念完大學想去當公務員。比起想先考上東大再說的我，她對將來的事更有規畫。

「悠子妳一定可以的。」我發自內心地說。

校園參觀當天，我和須田約好早上七點在京都站碰頭。我爲了這天又去了一趟髮廊。燙直的頭髮又長出四公分左右的自然捲，我又請美髮師幫我燙直一次。原本以爲只有髮根補燙應該很快，但還是全部都要夾過，最後一樣花了四、五個小時才搞定。

新幹線我們買了鄰座的票，但全程沒有聊天都在念書。須田的優點就是不會干擾我讀書。我默默地滑動紅卡*，做英文文法題目。

東大地標赤門前，許多高中生和家長拿著手機拍照，就像來到主題樂園一樣。我想起環球影城的任天堂園區開幕的時候，也看到一堆以藍天爲背景構圖的照片，看到都膩了。

我先陪須田一起去聽他想聽的工學院課程。我想念文學院，但看到ＡＩ研究相關的授課，也覺得好像滿好玩。

大教室跟之前去考漢字檢定的立命館大學教室沒什麼兩樣，看來不會因爲是東大就有多特別。授課開始我還抱著興趣聽講，聽到一半覺得很難就開始放空了。

校園裡走到哪都是高中生，就像大津的琵琶湖煙火大會一樣人潮擁擠。一想到從膳所站延伸出去、冷冷清清的怦然心動坡，就突然好想家。走在校園裡的人看起來都很有都會感，穿著膳所高中制服的我們，就像是跑錯棚一樣。俐落的便服、沒看過的設計感制服，明明平常對穿搭沒興趣，還是忍不住在意。

突然有跟我一樣的水手制服映入眼中。這並不是多特別的制服，也可能是其他學校。我把視線轉到那個人臉上，差點慘叫出聲。對方也發現我們，舉起了手：

「喔，眞巧啊。」

成瀨背著她平常上學用的黑色背包，手上提著大津市在地吉祥物「大津光君」的托特包。她的頭髮已經留到可以稱之爲極短髮的長度，不至於引人側目。

「哇，成瀨同學，」須田似乎沒有我驚訝，跟她聊了起來：「妳上午去哪了？」

「我去聽理學院的『如何利用 ICP-MS 進行稀有同位素的分離與濃縮～前往一兆分之一的世界～』。」

成瀨拿出講義，像是要開始解釋，我連忙打斷她：「我們正要去吃午餐。」

---

*日本學生念書用的工具，利用補色效果，將重點處用特定顏色的螢光筆畫起，用紅色透明遮色片蓋住時有塗黑效果，可作爲塡空題練習，遮色片拿開就能對答案。

「成瀨同學要不要一起來？」須田多問了一句。

對他來說，成瀨或許是難得遠在外地遇到的同學，對我來說卻是極力不想扯上關係的對象。成瀨對我應該也沒有好感，當然會拒絕吧。就在我這麼想的時候，她居然說「好啊」，一起跟了過來。

學生餐廳採自助餐形式，自己挑選喜歡的主菜跟配菜去結帳。我拿了白飯、起司雞排和涼拌豆腐，成瀨也拿了起司雞排。因爲九年來吃著一樣的營養午餐，中午想吃的東西也會變得很像嗎？

我和須田在桌邊並肩坐下，成瀨坐在我們對面。

「成瀨同學，妳是怎麼來的？」須田問。

成瀨說她搭深夜巴士，是個人包廂式的座位，比原本預期的還舒適。我起初還時不時應聲表示有在聽，但對這樣的狀況逐漸煩躁起來，後來就默默專心吃飯。成瀨說起她剛剛去聽的那個同位素什麼的課，須田也一面聽一面點頭。

「我下午自己一個人逛。」

反正須田和成瀨一樣是理科，比較有話聊吧。我站起身，須田漫不經心地說了「那晚點見」。我怕萬一跟成瀨對到眼又會動彈不得，刻意沒看她。

我把餐盤放到餐具回收處之後離開餐廳。原本下午打算去文學院看看，但突然覺得什麼都無所謂了。我想先離開東大，正準備往門口走去，身後突然傳來一聲「大貫」。

回過頭，成瀨獨自站在那裡：

「我想去個地方，可以陪我嗎？」

「須田呢？」

「我想跟妳一起去。」

她的態度坦然到就像是不記得在我家發生過的事。從那之後我跟成瀨一句話也沒說，甚至懷疑那天只是我發燒做的惡夢。

「表情不用這麼可怕，不是有句話說旅行就該有伴嗎。」

成瀨輕輕拍了拍我的手臂，往前走。走出大門、前進一小段路，她走進地下鐵的入口。我猶豫著乾脆回去算了，但還是敵不過好奇心。

成瀨踏進往池袋的地下鐵，我們在空位並肩坐下。

「人跟煙火大會一樣多。」

成瀨這句話，讓我體認到我們果然一樣是在大津長大的。

「要在哪裡下？」

「池袋。」

「那裡有什麼？」

「去了就知道。」

眞是白問。就在我這麼想的同時，池袋站到了。

不用多久，就明白成瀨的目的。一走出閘口，「西武池袋店」的字樣便映入眼簾，熟悉的西武 LOGO 隨處可見。再次見到大津市民失去的光景，我忍不住摀住被口罩覆蓋的嘴巴。確實，這樣的感覺，身爲草津市民的須田是不會懂的。

「可以幫我拍照嗎？」成瀨說著將數位相機遞給我，站在地下入口面無表情地用手比了耶。路人經過時都一臉「這人在幹麼」的表情，我連忙按下快門。這裡是東京，覺得「這人在幹麼」才是正常的吧。我一面想著，將相機還給成瀨。

進到店裡，明明是第一次來，卻感到無比懷念。跟西武大津店相較，無論是進駐店鋪或商品都完全不同，不過室內的氛圍就是西武沒錯。成瀨的眼中泛著淚光，我想笑她未免太誇張，但我胸口也湧現一股難以言喻的激動，什麼話也說不出來。

「我們到地面上，從外面看看吧。」

就連要走到手扶梯也得一路閃避人潮。我想起西武大津店總是空蕩蕩的。

走到店外，瞬間錯覺自己好像縮小了。西武池袋總店太巨大，大概有我認知的百貨公司五間大。光是在西武大津店一樓角落營業的無印良品就有一整棟。還有標示著「池袋站東口」的入口，到底是什麼構造啊？

成瀨又拜託我幫她拍照。我知道她拉我當旅伴其實是要我當攝影師，越想越火大，就把手機遞給她：「妳也幫我拍啊。」

成瀨拍的照片除了有把我和西武的招牌都拍進去之外，沒有什麼特別可取之處。

「總店實在太壯觀，已經不是百貨公司，都快要是一個城鎮了。」成瀨興味盎然地拍了各種角度的照片。

「我將來想要在大津蓋百貨公司。」

可以像這樣把這種不知該說是目標、夢想，還是野心的事這麼隨意說出口，不知道有多輕鬆。在那種荒涼的地方開百貨公司實在是太亂來了，但我不認爲反駁成瀨就會讓她改變主意。

「所以妳今天是來視察的嗎？」我問。

「對啊。」成瀨用心滿意足的口吻回答。

回東大的地鐵上，我問成瀨爲什麼要剃光頭。成瀨一臉意外地摸了摸她的極短髮說：

「第一次有人問我，大家是都不敢問嗎？」

「當然不敢問啊。」看她的反應，不像是有什麼重大的事態。

「不是聽說人的頭髮一個月會長長一公分嗎？我在實驗。」

實在是莫名其妙到我一時語塞，成瀨繼續說：

「我是在開學前的四月一日全部剃光的，我想驗證看看到三月一日畢業典禮那天，會不會長到三十五公分。」

我忍不住噴笑出來。小學時看著上台領獎的成瀨那一頭及肩直髮，我不知道有多羨慕，總是想著我的頭髮也像那樣就好了。

「也不用全剃吧，只要量好某個時間點的長度，再去計算差異就好了啊？」

我也是把頭髮燙直後才知道頭髮長得有多快。

「我想得到更準確的結果。而且去髮廊剪，頭髮外側跟內側的長度也會不一樣吧。全部一起留長會怎麼樣，妳難道不好奇嗎？」

我瞬間被說服了，但要同意她又有點不甘心，就隨口說了「也是」。

「不過短髮比想像中舒服，我開始覺得要留長很麻煩了。」成瀨抓著頭頂的髮絲說。

「妳都特地剃光了，要就做到最後啊。」

我又說了惹人厭的話，但成瀨正色點了點頭：「大貫說的沒錯。」

「上次妳特地跑一趟，我還那樣，對不起喔。」

我鼓起勇氣道歉，成瀨卻裝傻反問：「妳說什麼？」總覺得再解釋下去就太白目了，於是我什麼也沒說。

回到東大的瞬間，成瀨丟下一句「第二學期再見」，就消失在人群裡。也不知道她是不是眞的也想考東大，但問了應該也不會正面回答我。

我看了一下手機，須田傳訊息說「我要去聽理學院的說明會」，我回他「我去文學院的模擬授課看看」，在校園地圖上確認文學院的位置。

獨自一人放眼四周，才發現有各式各樣的人。剛剛眼中只看到亮眼的人，其實也有很低調的人，也有人穿著隨興的便服就來了。在我畫出的人際關係圖之外的人，也都活在屬於他們的關係圖之中。在世界上這麼多人當中，能與某人串連成線的機率，可以說是奇蹟吧。

我往文學院走去，心想等到第二學期開學，就把今天的事告訴悠子。

出發吧！
密西根號

在蟬聲震天價響的滋賀市民中心，我的目光無法從某位選手身上移開。

這是第四十五屆全國高中小倉百人一首歌牌大賽團體戰D組第一輪比賽，我們廣島縣代表錦木高中，正在跟大分縣代表對戰。我是候補選手，在會場一角看著比賽進行。

賽場上有四十個人正在對戰，唯有端坐在滋賀縣代表膳所高中五號座位上的女生，跟其他人不太一樣。首先她動作非常大。應該有更俐落的搶牌方式吧，但即使如此，她還是能精準地搶下鎖定的牌。搶牌的動作也很特別，我沒看過有人搶牌時手臂那樣揮。

要是對戰對手是這樣的人，一定會被打亂步調陷入苦戰吧。我邊看邊想，不知不覺視線就無法移開。她每次一搶牌，綁成沖天炮的瀏海就會晃動。在不絕於耳的蟬聲中，我彷彿聽到不知何方傳來的鐘聲。

「我看到桃谷學姊的瞬間，就聽到噹噹噹的鐘聲。」

「又來了。」

我已經不知道聽結希人聊他的戀愛經多少次了。在我還沒有意識到男女有別之前，結希人就很早熟地說「我長大要跟玲老師結婚」；小學時因爲喜歡大學的大姊姊而加入社區社團；國中一入學就爲了美女學姊加入管樂隊。他會決定報考錦木高中，也是因爲這是他在補習班一見鍾情的女生的志願校。不知道是不是那個女生在報考的最後一刻改變志願，最後他們沒有一起入學，所以結希人一直在尋找新的邂逅。

「所以啊，我也想加入桃谷學姊參加的歌牌社。阿西要不要也一起？」

「歌牌？」

我知道競技歌牌，但從來沒接觸過。聽說錦木高中曾經代表廣島縣多次晉級全國大賽。

「我在YouTube找了歌牌比賽來看，都沒看到像你這麼高大的男生，應該會很好玩。再說，你應該很習慣榻榻米上的競賽了吧。」

雖然覺得八竿子打不著關係，我確實到去年夏天都還穿著白色道服站在榻榻米上。只是因爲身材高大這個理由，我從小就被送去柔道教室上課。就像是要回應大家的期待，我一路長到一百八十六公分、一百公斤，但比賽結果總是差強人意。我弟跟我體型一樣，就拿到縣大賽冠軍，實力堅強，所以應該是我不擅長柔道的問題吧。

我放棄柔道，打算上高中開始學些新東西。我之前也跟結希人提過，或許是因爲這樣他才找我一起吧。

隔天，我和結希人一起去參觀歌牌社。三年級和二年級生加起來總共十二人，全都是女孩子。來參觀的新生也都是女生。我一直過著跟女生無緣的人生，如果只有自己來肯定轉頭就跑。

三年級的桃谷學姊戴著口罩，遮去了大半張臉，但仍看得出是非常有氣質的美女，是結希人向來喜歡的類型。我覺得他也該學會教訓，試著喜歡不同類型的女生了，但或許這就是結希人的美學吧。

「你好高喔，有在做什麼運動嗎？」一個看起來人很好、垂垂眼的學姊問我。

「我從小學柔道。」

「哇，好厲害。」

「你的手很大，搶牌應該滿有利的吧？」

學姊們圍著我興奮地七嘴八舌，我覺得自己彷彿變成穿著玩偶裝的吉祥物。我向結希人投以求救的眼神，但他已經跑去找桃谷學姊聊天了。

我半推半就地加入了歌牌社，但隨著練習越來越進步，也覺得滿有趣的。相較於學柔道時無法留下好成績，只因爲將就才練下去，兩者之間的差異一目瞭然。練習有了成果，我在一年級就取得了初段的段位。

升上二年級，我們贏得全國大賽團體賽的入場券，來到歌牌聖地——滋賀縣大津市。

主賽場是近江神宮的近江勤學館，不過只有一小部分的學校在那邊比初賽。主將尾上學姊抽中D組，比賽會場位於相隔一站的滋賀縣市民中心，看到老舊的外觀讓我大失所望。跟我家附近的公民會館天差地別，甚至讓人忍不住想到底是爲了什麼，大老遠搭新幹線跑來這裡。

不過一想到就是因爲在這個會場才能看到她的比賽，就讓我覺得冥冥中註定。她以十張牌的差距打敗對手的時候，一想到看不到她的動作就讓我有點遺憾。她將用完的牌排好，挺直了背脊跪坐看著隊友。看到她的樣子，我也匆匆忙忙將視線調轉向錦木歌牌社。

結果，錦木高中第一戰落敗。膳所高中晉級第二輪。她面無表情地跟隊友擊掌，離開了賽場。

「怎麼了？看到正妹了嗎？」我目送她離去的時候，被眼尖的結希人發現。

「不，沒什麼。」我連忙否認，卻感覺臉上一熱。我想起剛剛最後詠唱的牌面是：「愛戀欲藏深／不覺竟已形於色／我心無遁形／此情旁人亦察知／笑問可有心儀人。」我以爲結希人只是在鬧我，沒想到他一臉認眞地說：「有喜歡的女生就一定要告訴她啊！」拉著我的手就往外走。

「哪一個？」

我馬上就找到穿著背上印有「膳所」的黑色T恤團體，但沒看到她的人影。

「好像不在。還要準備下一場比賽，回去吧。」

我只是很在意她的動作，沒有想跟她說話、或是接近她的想法。跟被桃谷學姊拒絕後，還期待可以認識新的女生而繼續玩歌牌的結希人不同，我只想趕快回到住宿處準備明天的個人賽。

「不不不，這代表她現在落單了啊。這是千載難逢的機會耶！」

在一頭熱的結希人身後，我看見她往這裡走來的身影。或許是看出我的神情變化，結希人轉過頭發現她：「是她吧。」

「妳好，我是廣島縣代表錦木高中二年級的中橋結希人。」

看到結希人直接衝上去找她講話，我整個人傻在原地。被不認識的人搭話，不管是誰都會有所防備吧。就在我心驚膽顫的時候，她倒是出乎意料地用和緩神情回答：

「我是膳所高中二年級的成瀨明莉。歡迎來到大津。」

宛如RPG遊戲中村民角色的口吻，讓我有些詫異，她平常就是這樣嗎？

「這傢伙好像對成瀨同學有興趣。」

結希人一說，成瀨抬起頭看我。光是跟她對到眼就讓我有些怯懦，盯著她的沖天炮瀏海，自我介紹就費盡我所有勇氣：「我也是錦木高中二年級，我叫西浦航一郎。」

「是嗎。」成瀨同學點了點頭，調整了一下口罩。「我也想跟你們慢慢聊，可惜待會兒還有比賽。明天是個人賽，後天的話就有空……你們還會在大津嗎？」

我跟結希人預計明天晚上回廣島。我想成瀨同學也料到這一點，所以想找個台階拒絕吧。我正爲了能安全下莊鬆一口氣，結希人卻搶著回答：「嗯，我們還在。」

「那就好，後天上午十點三十分，請你們到大津港。一起搭密西根號吧。」

「密西根號？」

我喃喃擠出這一句，就聽見成瀨的隊友呼喚她「莉莉～」，成瀨留下一句「抱歉，再見了」轉身離去。

「哎呀，沒想到會這麼順利。」

我們前往下榻的雄琴溫泉路上，結希人不知道說了幾遍。我的心情一團亂，雙手抓著電車吊環上方的鐵桿，煩惱著這下該怎麼辦。

「結希人，你又去搭訕女生了吧！」

「是膳所高中的女生吧？你們聊了什麼？」

「才不是搭訕呢。」結希人賊笑著：「不是我，是阿西對人家一見鍾情啦。」

我感覺不只學姊，連同車廂的乘客目光都集中在我身上。我小力地撞了一下結希人的肩膀，辯解著：「才不是一見鍾情咧！」但早已眼睛一亮的學姊根本聽不進去。

「阿西嗎？」

「所以呢，順利嗎？」

「人家跟他約好後天見了喔！」

我「哇啊」地大叫出聲，抱頭蹲了下去。

回到旅館後，在大房間集合的錦木歌牌社成員都丟下明天的個人賽，所有人的心思都放在成瀨明莉身上。

「眞的耶，她搶牌的方式好特別喔。」

因爲團體賽有在 YouTube 轉播，社員們全都聚在一起看她的賽況。我也跟著再看一次，但影片看不出她現場的氣場。在賽場的時候，只有她一個人散發出異樣的波動。

「我跟她一樣是B級，但個人賽的會場不一樣。好可惜。」尾上學姊翻著賽程表說。我是D級，在個人賽不可能跟她對到。

「不過，會有人願意跟不認識的人約會嗎？」

「她該不會是在鬧你們吧？」

「要是最後她沒來，阿西就太可憐了。」

大家七嘴八舌的，但其實她們說的也正是我擔心的。

「成瀨明莉同學有得過大津市民短歌比賽的大津市長獎耶！」

「哇，她也參加過M-1大賽！搭檔名還叫『來自膳所』。」

「家鄉愛有夠強烈的！」

我也拿起智慧型手機搜尋，跳出了成瀨同學小學時拿著獎狀站在大津市長身邊的照片，還有穿著球衣跟搭檔的合照。總覺得她不戴口罩比較可愛，我想著忍不住害羞了起來。

「感覺是個很厲害的人耶。」

「原來阿西喜歡這種女生啊。」

「我說了我沒有喜歡她！」

我當然也曾經對特定的女生懷抱特別的情感，不過都是在聊過幾次天之後慢慢產生好感，沒有像這樣瞬間喜歡上人家的。

「對了，莉莉說要搭密西根號。」

結希人說完，得到成瀨同學新情報的所有人，立刻同時滑起手機。

「誰准你叫她莉莉了！」

我一面吐槽結希人，也一面在搜尋欄打「大津　密西根號」，送出後，畫面上出現了琵琶湖的觀光渡輪。

「這是約會在搭的吧！」

「好好喔，我也好想搭。」

「這不重要啦，明天還要比賽，趕快練習吧。」

我想甩開這樣的心情，伸手拿起牌，最上面的歌牌偏偏是：「由良川湍急／船夫擺渡無所依／只得隨波去／何去何從不可知／此心愛戀亦藐然。」

我跟結希人在約定時間的十五分鐘前，抵達大津港的密西根號乘船碼頭。要跟成瀨同學獨處讓我感到不安，於是答應了結希人陪同在場的提議。學姊們說著「好想看阿西約會喔！」依依不捨地回廣島。

「我反而希望她不要來算了。」

「不，莉莉一定會來的。」

「你是跟成瀨同學很熟嗎！」

我沒帶什麼適合的衣服，所以就穿著學校制服的白襯衫、黑長褲。應該說，手邊的便服就是運動服，穿制服反而比較好。

我們在大津港附近的商務飯店多住了一天，退房後走路過來。密西根號的碼頭有很多全家一起來的遊客，也有搭遊覽車的老年人旅行團。

「我們要搭的是十一點出發的九十分鐘行程那班嗎？」結希人看著售票處公告的時刻表說。每天航行的遊湖班次一天四班，週末假日還有夜間班次。

「抱歉，讓你們久等了。」

望向聲音傳來的方向，成瀨同學穿著水藍色洋裝，戴著白色草帽站在那邊。跟昨天的黑色T恤運動服截然不同，充滿夏日風情，非常適合她。就在我語塞的同時，結希人代替我開口：「沒有啦，我們也剛到。」

「今天是大晴天，最適合搭觀光渡輪了。」成瀨望向琵琶湖，微微瞇起了眼：「前幾天我在商店街抽獎，抽到密西根號的雙人套票。你們願意來正好。」

成瀨說著，拿出兩張票券。

「欸，這可以給我們用嗎？」

「大津市民憲章上明文寫著『要以溫暖的熱情迎接旅人』。對我來說，能招待前來旅行的人是我的榮幸。」

她會邀請素未謀面的我們，似乎是多虧了大津市民憲章。沒想到居然眞的有市民這麼忠實地遵守這種東西。

「我有大津市民折扣，不用擔心。我去兌換船票，你們等我一下。」成瀨說著，轉身前往售票窗口。

「我開始期待密西根號之旅了。」

看著結希人的樣子，我內心升起一抹不安：

「你該不會對成瀨同學……」

這傢伙行動的原動力永遠都是爲了女生，他非常有可能是假裝擔心我這個從小一起長大的朋友，其實自己想追成瀨同學。

「不，不可能。」結希人一秒否定。感覺就像是他覺得成瀨同學一點魅力都沒有似的，這也讓我有點火大。

「我會盡量不打擾你們，中途找時機離開。你就幫成瀨同學付一半的船費怎麼樣？」

這個提議確實有理。其實我很想直接幫她付全額，但意外多留一天也多了不少開銷。成瀨同學回來後，將船票和介紹手冊遞給我們。

「成瀨同學，妳的船票錢我來付吧。」

「不用了，真的不必在意。只要多買點大津的伴手禮回去就好。」

她的態度從容自若，我都要懷疑她該不會是密西根號的船主了。結希人隨口應聲：「也對，要買點伴手禮回去給學姊們。」

湖畔除了密西根號，還停著一艘船身寫著「湖之子」的小船。

「湖之子是滋賀縣內小學五年級生會搭的教學船，在船上學習琵琶湖的生物和水質，還有咖哩可以吃。」

我腦中浮現前一晚在網路上看到成瀨同學小學時代的照片，她在遙遠的滋賀跟我活過同樣的時代，感覺有些不可思議。

到了離港前十分鐘，我們搭上了密西根號。

「先上三樓吧。」

我們跟在成瀨身後爬上階梯。三樓是落地窗圍繞的空間，有舞台和可以自由入座的座位，冷氣滿強的，非常涼爽。

「今天是大晴天，最適合搭觀光渡輪了！」

聽到密西根號的船上導覽人員說出跟成瀨同學一樣的話，我忍不住笑了出來。有個五歲的小孩自願上台，敲響出航的鑼聲。

船駛離大津港往北方前進。爬上四樓甲板，吹著風十分舒服。成瀨同學坐在椅子上，我也在她身邊坐下。結希人不知道是不是故意讓我們獨處，拿著手機拍琵琶湖的照片，拍著拍著人就不見了。

「我很喜歡在這邊放空。」

我也跟成瀨同學一樣眺望對岸的景色。琵琶湖乍看之下就像一片海，但沒有海潮的氣味。空氣很清新，船身也非常平穩。

「成瀨同學，妳常搭密西根號嗎？」

「也還好，一年兩、三次吧。」

以造訪在地觀光景點來說，算是很頻繁了吧。廣島也有遊覽船，但我只有小時候跟家人搭過一次。

「搭幾次都不會膩，眞是艘好船。」成瀨同學發自內心地說。我覺得不需要多說什麼，也靜靜地看著天空。

跟成瀨同學在一起，即使沉默也讓人覺得很自在。跟一有什麼事就大呼小叫的錦木歌牌社女生完全不一樣。

「西浦，你跟中橋認識很久了嗎？」

沒想到她記得我們的名字，我腳底板感到一陣搔癢。

「嗯，從幼稚園就認識的孽緣了。」

「我也有個從小就認識的朋友，原本打算沒人一起搭密西根號的話，就要跟她來搭。」

「啊，眞抱歉。」

「無妨，我跟她隨時都可以來。」

我忍不住想像對方是什麼樣的人。那個人說話也像成瀨同學這樣嗎？突然有點想見見她。

「成瀨同學，妳是什麼時候開始練歌牌的？」

「上高中之後。」

成瀨同學說她參加了三次大賽，順利地從初段、二段，升上三段。

「昨天是第一次比B級，果然很困難。要繼續往上升，就得再研究漂亮搶牌的方式才行。」成瀨的手空揮般地動了動。

「成瀨同學，妳有什麼目標嗎？」

「我想要活到兩百歲。」

我本來只是想問她在歌牌上的目標，沒想到卻得到一個這麼壯大的理想，讓我有些錯愕。原以爲她是在開玩笑，但看她的表情十分認眞。

「要活到兩百歲……感覺很辛苦呢。」

總覺得否定人家的目標不太好，我就說了最直接的感想。

「以前也沒人相信人可以活到一百歲吧。在不久的將來，活到兩百歲說不定會是理所當然的事。」

成瀨同學說她爲了提升自己的生存率，平時就在學習求生知識。

「我認爲目前沒有人活到兩百歲，是因爲幾乎所有人都沒有想要試著活到兩百歲。只要有更多人想活到兩百歲，當中說不定至少會有一個人眞的能活到兩百歲。」

這時我唐突地冒出了「我喜歡成瀨同學」的念頭，應該說是自己終於承認了。我想待在她身邊久一點，想再多聽她說說話，眞希望密西根號就這樣永遠漂流在琵琶湖上。我的眼角餘光瞄到結希人拿手機對著我們，但我沒心思理他：

「成瀨同學，妳有喜歡的人嗎？」

就算沒有，我又有多少勝算呢？今天就得回廣島了，也沒那個錢可以常來找她。

「你的意思是想問我，我有沒有戀愛對象嗎？」

「嗯。」

成瀨同學喃喃地說：「還是第一次有人這樣問我。」手扶著下巴不知道在想什麼。

「西浦你會這麼問，是因爲你喜歡我嗎？」

實在是糗到不行，我眞想慘叫著跳進琵琶湖。早知道就不要問這種拐彎抹角的問題，直接把事實說出來就好。

「對不起，當我沒說……」

「可以告訴我在這麼短的時間裡，是什麼地方讓你覺得喜歡我嗎？」成瀨同學看著我的眼睛問。

「應該就是沒有人像妳一樣吧。」

我在來得及思考之前開口。至少之前遇過的女生，沒有像成瀨這樣的人。成瀨同學點了點頭：

「原來如此。不過在大津確實沒人跟我很像，也從來沒有人說過喜歡我。我想或許是我有什麼西浦在意的特質吧。」

成瀨同學的視線再度投向遠方。我是不是該說些更機靈的話？剛剛覺得很自在的沉默，現在對我來說簡直是折磨。

「我去繞了一圈，好酷喔！」結希人興奮地跑了過來，不知道是來解救我，還是純屬巧合。

「也該帶西浦看看其他地方。」成瀨像是什麼事也沒發生似的站起身，往樓梯走去。

到一樓才發現這裡比我想像的還要接近湖面。在船上沒有感覺，一看才知道行駛的速度還滿快的。說到湖水總覺得是水藍色，但這麼近看實在說不上是藍色、綠色，還是灰色。

「感覺好像會掉下去，好可怕喔。」

結希人這麼說，成瀨伸手指向固定在柵欄上的救生圈：「萬一眞的落水了，只要請附近的人丟救生圈就好。

「如果附近都沒人，那就什麼也別想，看著天空放輕鬆就對了。人類吸進空氣，身體的二%就會浮出水面。只要口鼻露出水面就死不了。不過淡水的浮力沒有海水大，要特別注意。」

聽成瀨同學滔滔不絕，結希人訝異地看著我。

「成瀨同學爲了活到兩百歲，做好應付所有意外的萬全準備了。」

「兩百歲？」

看結希人笑成那樣，讓我想往他的後腦勺巴下去。成瀨似乎已經習慣了，沒有說什麼，只是眺望著湖面。

來到二樓的船尾，可以看見紅色外輪高速運轉著掀起水花。據成瀨說，現在還以外輪推動的船隻在世界上很少見。外輪在湖面攪動出白色泡沫，沒多久又回歸原先平靜的湖面。我和結希人探頭看著外輪時，成瀨站在稍遠的地方看著。

「怎麼了嗎？」

「要是被外輪捲進去必死無疑，所以我不想靠太近。」

聽她這麼說我也害怕起來，離開了扶手旁。「太誇張了吧。」結希人說。我看著他心想，這人應該連一百歲都活不到吧。

遊湖行程的尾聲，我們再度回到三樓的舞台區欣賞音樂演出，駐船歌手演唱了音樂劇和迪士尼電影的歌曲。

成瀨隨節奏搖擺肩膀、打著拍子，我也跟著一起拍手，有一種跟整艘船融爲一體的感覺。其中一名駐船歌手對成瀨說：「謝謝妳聽得這麼嗨！」我則是拚命想跟上成瀨的節奏。

九十分鐘的航行結束，密西根號回到了大津港。

「超好玩的啦！」

下船的瞬間結希人說，明明剛才在聽音樂演出的時候一直在滑手機，眞是氣死人。

「那眞是太好了。」成瀨回答結希人。我一時說不出話，實在有點不甘心。

「可以幫我拍照嗎？」我把手機遞給結希人。

「我來幫你們拍紀念照吧。」

差點昏倒。看來對成瀨來說，我跟結希人只不過是「旅人」罷了。

「不，我想跟成瀨同學拍。」

「啊，這樣啊。」成瀨冷靜地說，拿下了口罩。我們以密西根號爲背景，面向結希人。

「要拍囉～笑一個！」

我從結希人手中拿回手機，畫面上是表情僵硬地比耶的我，和面無表情直直站著的成瀨。

「抱歉，我去個廁所。」

這話說得還眞直接，我一面想一面目送成瀨走進遊客中心。

「阿西，還好嗎？」結希人看著我的臉問道。

「什麼東西？」

「成瀨同學不太一般吧。前天我就覺得她有點怪了，現在看來她真的很怪。你們獨處的時候好像也聊不太起來……」

這傢伙什麼都不懂。從小到大的交情了，怎麼還這麼不了解我。不過我也知道他是擔心，而且還陪我多留了一天，也算欠他人情。我可以聽結希人的話就此退出，但就這樣回廣島一定會後悔。

「抱歉，讓我跟成瀨同學獨處一下。」

「你認真嗎！」結希人睜大了眼睛：「成瀨同學哪裡好了？」

「少囉嗦，你每次喜歡上新對象時我也想問一樣的事。」

話一出口我就自覺說得太過了，但結希人只是苦笑著說：「這麼說也是。」

「好了，去吃午飯吧。」從廁所回來的成瀨說，結希人則向前踏出一步：

「今天謝謝妳帶我們搭密西根號，我有事得早點回去處理，就先走了。」

「是嗎？」成瀨看起來並沒有太訝異，淡淡地說：「雖然有點可惜，但也沒辦法。請務必再來大津玩。」

「我會的。」

結希人小聲地對我說「祝你好運」就離開了。

我跟著成瀨來到附近的餐廳。原本擔心結希人不在會很不安，結果反而覺得解脫了。就像是拆掉腳踏車的輔助輪，感覺可以奔馳到天涯海角。

「這裡只要出示密西根號的船票就能打九折，而且白飯用的是滋賀縣產的絹光米，可以免費續飯。」

我超愛吃米飯，是可以吃咖哩飯配白飯的程度。白飯可以免費無限續的店，簡直就像是爲我量身選擇。

「妳也喜歡吃白飯嗎？」

「非常喜歡。」

成瀨的語氣爽朗，我忍不住心想要是她說的不是飯而是我該有多好。

「我推薦近江牛可樂餅套餐。」

光是近江牛可樂餅套餐這句話，我就能吃一碗飯。套餐內容有白飯、漬物、味噌湯、可樂餅、高湯煎蛋捲和炒牛蒡。滿分一百分。

「要是中橋也能來吃就好了，眞可惜。」

確實，近江牛可樂餅好吃到我對於請結希人先走深感愧疚。酥脆的麵衣和鬆軟的內餡眞的太下飯了。剛剛也是因爲餓了才那麼煩躁吧，希望那傢伙自己也吃了好料。

結果我吃了四大碗的白飯，成瀨吃了兩碗，吃飽後我們離開店裡。

「你喜歡走路嗎？」

我沒想過喜不喜歡，不過至少不討厭：

「嗯，沒問題。」

「那就散個步吧。」

琵琶湖沿岸有步道，三三兩兩的人們在岸邊走著。

「成瀨同學，妳住在大津哪裡？」

「離這裡直線距離大約一公里的地方，既然都來了，要去嗎？」

「咦！」

成瀨的家是什麼樣子我是很有興趣，但還是不要隨便帶剛認識沒多久的男生去比較好吧？我忍不住在心裡這麼嘀咕。

「不，今天就不去了。」

「也是，會繞一大圈的遠路。」

雖然不知道是怎樣，總之她似乎同意了。

「離近江神宮很近，很不錯呢。」

「是啊，幼稚園的時候我會搭石坂線去撿橡實當作遠足。」

一群笑鬧著的高中男生迎面走來。其他人是怎麼看我跟成瀨的呢？平常我根本不會在意，但這時跟他們擦身而過，不知為何有點緊張。

追根究柢，成瀨是怎麼看我的呢？剛剛的告白，感覺就這樣被打發過去了。成瀨邊走邊說著像是「琵琶湖在河川法的規範是一級河川」「最深的地方水深有一〇四公尺」之類的琵琶湖小知識，我對她來說果然不過就是個旅人嗎？

就在我想東想西的時候，成瀨突然停下腳步：

「看起來很煩惱的樣子呢。」

我心下一驚，以為自己的想法被她看穿了。順著成瀨的視線看去，一名穿著西裝的男人抱膝坐在湖岸邊望向遠方。

「那個男的說不定會跳湖，要好好盯著。」

「現在是大白天耶？」

「想跳湖的人大白天也是會跳的。」

就在我們小聲交談的時候，男人突然站起身來。仔細一看，他搖搖晃晃，確實不太對勁。

「不妙，西浦，快去阻止他。」

話還沒說完，成瀨就衝出去了，腳程有夠快。我也全力衝刺追了上去。

「等一下，不要衝動！」

在成瀨分散男人的注意力時，我一把抱住男人拚命往岸上拉。

「什麼，你們幹麼！」

「你不是要跳琵琶湖嗎？」

「誰要跳湖啊！」

被男人怒吼的氣勢震懾，我鬆開了手：

「我們看你好像有心事的樣子，以為你想跳湖。抱歉。」

男人一臉不爽地整了整西裝。他的頭髮稀疏，看起來大約四十來歲吧。我是有控制力道，要是一個不小心使出全力可能會害他受傷。

「……我是看這邊應該死不了，所以放棄了。」

聽到男人自暴自棄的話，我忍不住喃喃吐出一句：「不會吧……」

「您打消念頭真是太好了。」成瀨一臉感激地用力點頭。

「你們是什麼人啊？」

「我叫成瀨明莉，膳所高中二年級。這一切都是出於我的判斷，跟這個男的沒有關係。」

「被這麼人高馬大的男生抓住真的會被嚇死耶。」

「畢竟是緊急狀況，也是沒辦法。」成瀨強勢地反駁：「在這邊跳水自殺的話，會被密西根號的外輪捲入造成意外的，請別這麼做。」

成瀨指向湖面上行駛的密西根號。

「妳懂什麼啊。」

還能這麼有精神罵人，應該是不會自殺吧，但人心實在不好說。

「我的人生經驗確實還少，不懂您的痛苦。但我認為自殺實在太可惜了。」

成瀨沒有一絲膽怯，繼續說服他。她怎麼有辦法這麼泰然自若呢？要是那個男的抓住成瀨，我該介入嗎？我也會怕啊，只能暗自祈禱成瀨不要太刺激他。

「您說不定就是第一個能活到兩百歲的人類，要是死在這裡就沒辦法達成這個紀錄了。」

「兩百歲？怎麼可能嘛。」

「未來的事誰說得準呢，難道您在二〇一九年就料到東京奧運會延期嗎？」

「妳在說什麼歪理！」

「有什麼事嗎？」兩名警察跑了過來，才發現有些行人也遠遠地往這邊看。

「我們接到報案說有人起口角。」

「這位男士想自殺，所以我們就阻止他了。」成瀨指著西裝男說。

「沒錯，我們看他好像有心事，就來跟他聊聊。」我也跟著附和，男人動了動嘴像是要說什麼，但最後什麼也說不出口。我不禁想著我懂、我也會這樣，跟男人有了奇妙的共鳴。

「你們來得正好，我們這樣的年輕人處理不來。就拜託你們了。」

成瀨恭謹地低下頭，其中一名警官應該認爲西裝男心情混亂，將他帶到一邊溫柔地安撫。

「妳叫什麼名字？」另一名警官對成瀨說。

「我是膳所高中二年級的成瀨明莉，這位是從廣島來的西浦同學，是我把他牽扯進來的，我會負全責。」

警察問了幾個問題就放我們走了，於是散步行程重新展開。

「多虧有西浦在，幫了大忙。」

「我只是在旁邊看而已。」

而且我其實超害怕的，但不敢對成瀨坦承這一點。

「不，有你在我很放心。我想要是有什麼萬一，你跟他硬碰硬應該會贏。」

看來我從旅人升格爲保鑣了，不枉從小吃那麼多飯長成大個頭。

「我剛剛一直在想，我沒辦法回應西浦的感情。我現在忙著自己的事，談戀愛這件事打算等到下半輩子再說。」

我忍不住噴笑出來。這樣算來，我還得再等上八十幾年。不過成瀨如此認真思考、好好地回答，讓我很感動：

「看妳剛剛跟那個人的互動，讓我更喜歡妳了。」

看起來令人膽顫心驚又帥氣，簡直移不開視線。我想成瀨身邊一定也有人喜歡她，只是沒有直接跟她說而已。

「眞的嗎？」成瀨驚訝地提高了嗓音：「每次做那種事，大家都只會說『太危險了不要這樣』而已。」

言下之意是有過前例了。看她很習慣跟警方應對的樣子，想想也不意外。

「我一直覺得我的人生跟戀愛無緣，有人說喜歡我，這種感覺還眞不可思議。」

成瀨害羞地別開視線的樣子十分可愛，我慶幸著還好有把自己的想法告訴她。

抵達膳所站的閘口，我失落這趟旅程就要結束的同時，也對馬上可以擺脫緊張感而有些安心。

「成瀨同學，可以跟妳交換聯絡方式嗎？」

我一直抓不到時機問，結果就拖到現在。要是她拒絕的話怎麼辦？我拿著手機的手微微顫抖著。

「喔，可以啊。」

就在我放下心來的下一秒，成瀨不知為何掏出了筆記本，在上頭寫了些什麼。

「我沒有智慧型手機。」

我以為自己聽錯了。仔細回想，確實從沒看過成瀨滑手機。但沒有智慧型手機到底要怎麼活呢？我接下她遞來的紙條，上面宛如硬筆字帖範本般端正的字跡，寫著姓名、地址和家用電話的號碼。

「沒有……智慧型手機？」

實在是太震撼了，我又重複了一次成瀨的話。

「你想找我就直接打電話來吧。」

我從沒打電話到朋友家裡。應該也不敢打吧，我一面想著，一面將寫著成瀨寶貴資訊的紙條對折再對折，放進T恤胸前口袋。

「今天很謝謝妳，我很開心。」

「聽你這麼說真是太好了。」

成瀨伸出手要跟我握手，我在大腿褲子擦了擦手汗，小心地用兩手握住她的手。大部分的人跟我比起來手都很小，但成瀨的手比我想像中更小，感覺十分柔弱。

我依依不捨地跟成瀨道別，下到月台。從這邊搭地鐵到京都站，轉乘新幹線之後兩小時就會到廣島了。明年我也還能來大津嗎？就在我暗自感慨時，突然有人拍了我的背，害我心臟差點停掉。

「辛苦啦～」

出現在眼前的是結希人。

「你該不會一直跟著我們吧？」

「嗯，因爲大家都很擔心阿西，我在LINE上跟她們實況。警察跑來的時候我嚇了一大跳呢，不過之後你們的感覺很不錯嘛！」

我根本就氣不起來，回去社團這件事應該也會被虧很久。即使如此，我對今天的事一點也不後悔。我摸了摸胸前口袋，確認成瀨寫給我的紙條還在裡面。

「你們加LINE了嗎？」

「成瀨同學沒有智慧型手機。」

「嗄？」結希人突然一臉同情地搭著我的肩：「這年頭哪有高中女生沒有智慧型手機的！你把成瀨給忘了，再去找新的戀情吧！」

往京都的電車進站，我跟結希人上了車，坐在空位上。

「我可是經驗豐富，我懂你的心情。現在要放棄或許會覺得很難過，不過有需要都可以來找我商量喔。」

我閉上眼睛，不再理會滔滔不絕的結希人。在密西根號上看見的琵琶湖景色浮現在眼前，等回到廣島，寫封感謝信給成瀨同學吧。

怦然心動
江州音頭

成瀨明莉起得很早。四點五十九分五十八秒睜開眼睛，按掉兩秒後即將響起的鬧鐘起身。換下純棉睡衣穿上運動服，綁好頭髮，小心不吵醒父母，安靜地完成盥洗，塗上防曬油後出門。

天氣就跟氣象預報說的一樣熱，陽光已經很強了，頭髮像是吸收日光似的發燙。上高中時剃光的頭髮經過兩年四個月，如今已經長到肩胛骨的長度。一開始是爲了想知道剃光頭花三年時間留長會怎樣而開始的實驗，但全都以同樣長度生長的頭髮，比想像中還要雜亂，讓人體認到髮廊的偉大。

其實她也想剪頭髮，但同學大貫楓說實驗要做就要做到最後。如果不是那時跟大貫做出宣言，說不定早就放棄跑去剪頭髮了。成瀨很感謝大貫。

來到琵琶湖畔，可以看見已經有其他一樣早起的同志在健走或慢跑。成瀨對擦身而過的每個人大聲說「早安」，雖然偶爾會被無視，但大部分的人都會回她「早」。加強治安就是要從勤打招呼做起。

暖身完之後，準備一路跑到兩公里遠的大津港。比起寒冷的冬天，成瀨更喜歡炙熱的夏天。活動身體很方便，也能出一身汗，很有成就感。但近年來的猛暑實在太驚人，七點就熱到覺得快中暑，她慢慢把時間往前調，最後判斷五點多是最適合慢跑的時間。

跑完來回四公里的路程，她回到家沖澡。洗衣服是成瀨的任務，她將洗衣精的蓋子舉到平視的高度，精確量到齊平刻度的位置後倒入洗衣機。

這時候父母也起床了，三個人打開電視一面看新聞一面吃早餐。成瀨每天早上都自己煎火腿蛋。用來自廣島的伴手禮——西浦航一郎送的飯杓盛飯，將火腿蛋放到飯上，淋上醬油就完成了。她馬上將飯端到桌上，趁熱吃光。

「今天五點我要去小學開怦然心動夏日祭典的會，晚餐會自己吃，不用準備我的。」

對媽媽說完後，她回到房間。夏天是準備考試的關鍵期，她已經退出歌牌隊，接下來要以考大學為目標，認眞規畫應考的念書計畫。第一志願京都大學的評量，她總是能拿到A，班導說照這樣下去應該沒問題。班導總是對全班說「考試最忌諱輕忽」，看來他是認為成瀨不會因此輕忽吧。

成瀨按照擬定好的進度寫著題庫，因為每個科目拿到的分數都很平均，所以她並沒有所謂擅長的科目。硬要說的話，她最喜歡有明確解答的數學。

久坐對身體不好，所以每小時她會起身做伏地挺身、仰臥起坐和深蹲，好好運動一下。要熬過考試，體力也很重要。

運動完，她看著牆上貼的海報做眼睛體操。要活到兩百歲，就要好好珍惜現有的資產。飲食後她一定會仔細刷牙，然後吃木糖醇錠。也因此她的蛀牙數量爲零。

吃完午餐休息過後，她繼續念書念到開會前十五分鐘，收拾出門。

前往心動小學的路上，會經過西武大津店的舊址。十五層樓高的社區公寓大樓——Lake Front 大津鳰之濱紀念住宅區，在今年春天完工，六月起就會開放入住。

成瀨很希望等完工後能進去看一看，但她也清楚高中生自己跑去，對方一定不會理她。跟父母討論時，媽媽不太願意地說「要是他們一直推銷就麻煩了」，但爸爸倒是很積極地申請了樣品屋參觀。

開放參觀的樣品屋位於十二樓。西武大津店只有七層樓，所以這裡以前是天空。踏進屋內的成瀨，感覺自己彷彿飄在西武上空。

從面南的窗戶往外看，是西武大津店天台看出去的同一片風景。因爲是背向琵琶湖蓋的，看出去是面山的景色。跟成瀨從家裡看到的風景很像。原本是想來感受一下西武大津店殘留的氣息，但她並沒有湧現多少感慨。反而是爸爸非常興奮地試用聲控家電，玩得很開心。

「哎呀，新房子果然很不錯呢。」

回到家之後，爸拿著簡介手冊對媽解釋。成瀨他們現在住的公寓屋齡二十年，畢竟從出生就住在這裡，成瀨並不覺得有多舊，但跟新大樓比起來果然還是遜色不少。話雖如此，路程五分鐘的近距離搬家，一點意義也沒有，他們一家三口都很清楚。

「如果要搬家，就該搬到更方便的地方吧。」媽以前說過會選這棟公寓就是因爲離西武近，現在西武不在了，也沒有執著要住這裡的理由了。成瀨也覺得新快速電車不會停膳所，住在新快速會停的車站附近比較方便。

不過，要離開從小住到大的怦然心動社區還眞是捨不得。像現在成瀨也加入了怦然心動夏日祭典的主辦團隊。

怦然心動夏日祭典是每年八月第二個星期六，在心動小學操場舉辦的社區祭典。由家長會和自治會擺攤位，進行舞台表演和抽獎活動，社區居民共襄盛舉。再過一個星期就是祭典了，今天要開的是整體活動的討論會議。

站在Lake Front大津鳰之濱紀念住宅區前的路口等紅綠燈時，島崎走了過來。她頂著一頭渾圓的鮑伯頭，成瀨忍不住直盯著觀察，想知道要剪哪裡、怎麼剪，才能剪出這樣的形狀。

「今天也好熱喔。」

島崎也是主辦團隊的一員。她們是在高中一年級的時候，在馬場公園練習漫才時被主辦人吉嶺勝挖角。

「我聽說妳們的漫才搭檔叫來自膳所，覺得很適合怦然心動夏日祭典。妳們願意的話，要不要來當總主持人？腳本我們會準備，開會如果太辛苦不來也沒關係，在不造成妳們負擔的範圍內就好。」

成瀨當然知道怦然心動坡上的吉嶺勝法律事務所，但這是第一次跟吉嶺本人面對面。他跟成瀨的父母應該是同輩，但戴著眼鏡又長了一張娃娃臉，打扮就像膳所高中的學生。成瀨認爲跟社區居民的交流很重要，二話不說就答應了。島崎如果要拒絕也可以，但她以「成瀨說好的話就好」爲由一起答應。

接下主持工作時，成瀨對吉嶺提出了一個要求：

「方便的話，可以幫我們準備主持用的服裝嗎？」

只要是成套的衣服、T恤，什麼都好。以來自膳所身分上台時，她們總是穿著西武獅的球衣，但她們兩個其實都不是西武獅隊的球迷，覺得對球團很不好意思。

說明事情原委後，吉嶺在怦然心動商店街的山田運動用品贊助下，爲她們製作了專屬球衣。以琵琶湖爲意象的水藍色爲底色，文字是白色，胸前印著來自膳所的字樣，成瀨的球衣印著背號1號成瀨，島崎則是背號3號島崎。袖子上印的是贊助廠商「怦然心動商店街」「山田運動用品」「吉嶺勝法律事務所」的名字。

兩年前穿上新球衣的首次主持順利落幕，成瀨原本就不會緊張，島崎也是上了台更能發揮實力，漂亮地完成任務。

她們穿著吉嶺幫她們做的球衣參加那一年的M-1大賽初賽，M-1大賽官方網站登了所有參賽者的照片，來自膳所穿著專屬球衣的照片也刊在上頭。雖然看不清贊助廠商的字樣，但商店街的人對於她們背負怦然心動社區之名參賽都非常開心。

就這樣，來自膳所成爲怦然心動夏日祭典的總主持人，今年已經是第三年了。

「成瀨同學，島崎同學，謝謝妳們來。」

兩人一走進心動小學的會議室，吉嶺就開口招呼她們。已經有幾個人坐在排成口字形的會議桌旁，同爲主辦團隊之一的稻枝敬太，面無表情地發著保特瓶裝茶和會議摘要。

吉嶺和稻枝是兒時玩伴。忘記是什麼時候，島崎問過：「你們不講漫才嗎？」吉嶺笑著回答：「想都沒想過呢。」

「明莉，前幾天在《近江日報》上有看到妳喔。」

已經先到的酒鋪阿姨對成瀨說。不久之前，《近江日報》報導了膳所高中歌牌隊，成瀨是主將，名字有被登出來，排在大合照的前排正中間。

「啊，您有看到嗎？謝謝。」

成瀨正打算乾脆結束對話，島崎接口：「好厲害喔，成瀨從小就常上報呢。」就這樣自然地延續了對話，她的溝通能力不知道救了成瀨多少次。島崎總是說「成瀨好厲害」，其實厲害的人是島崎才對。

時間到了，吉嶺站到前方：

「怦然心動夏日祭典的會議現在開始。」

會議上確認了活動當天的流程，來自膳所擔任總主持人，負責掌控舞台活動的進行，不在台上時就在工作人員帳篷待命。第一部分是幼稚園學童的歌唱表演、小學生的舞蹈表演等自由演出，第二部分是繪畫比賽的頒獎典禮，第三部分是重頭戲抽獎大會，最後所有人在操場上一起跳江州音頭*，跟往年的流程一樣。

會議一小時左右就結束了。成瀨和島崎走進平價漢堡排餐廳「嚇一跳驢子」，畢竟是週六晚上，店裡有許多帶著孩子的家庭，十分熱鬧。成瀨點了經典的起司漢堡排餐配迷你霜淇淋，島崎點的是期間限定的夏威夷漢堡飯和水蜜桃冰淇淋百匯。

「感覺好久不見了呢。」

「這幾年我都忙著練歌牌嘛。」

中學時期總是一起上下學、每天都會碰面，上了不同高中之後常常一回神就一個月不見。今天也是島崎約她開完會後一起吃飯。

「今年M-1的預賽好像開始了，在YouTube看到影片都會忍不住點進去看。」

M-1大賽她們總共參賽四次，每一次都在初賽敗下陣來。是有感覺觀眾的笑聲一年比一年大，但似乎就是達不到晉級的標準。去年的結果公布後，成瀨說「漫才就先到這邊告一個段落吧」，島崎也應和「就是啊」乾脆地接受了。

「現在想想，跟奧羅拉醬在同一個休息室真的好猛喔。」

「確實是很難得的經驗。」

第一次挑戰的時候，跟她們同組的專業諧星奧羅拉醬，星途一帆風順，去年他們一路打進M-1大賽準決賽，也參加了敗部復活賽。今年四月起在MBS電視台主持了一檔叫作《奧羅拉醬DE MARIAGE》的冠名深夜節目。成瀨每天晚上九點就寢，所以從沒看過，但常常在電視上看到廣告。節目內容似乎是網羅關西各地的名產或熱門餐飲店的菜色，一邊沾奧羅拉醬吃，一邊跟來賓聊天。

在聊M-1大賽的同時，餐點上桌了。成瀨從小就只點起司漢堡排，看島崎吃著

---

*一種日本傳統歌謠獨唱和齊唱交互進行的歌唱型態；通常使用於傳統民俗祭典、演歌表演等居多。

漢堡飯，她心想偶爾點點看那種菜色或許也不錯。

然後，就在成瀨把埋在霜淇淋底下的白玉糰子挖出來放進嘴裡的瞬間——

「我要搬去東京了。」

島崎邊吃著水蜜桃百匯邊說。因爲她的態度太淡然，成瀨還以爲自己聽錯了。她原本想立刻回點什麼，但總不能被白玉糰子噎住，只好默默咀嚼著。

「不知道東京是不是也有嚇一跳驢子。」

島崎的這句話，讓她確信自己沒有聽錯：

「妳一直瞞著這麼重大的祕密嗎？」

成瀨總算吞下嚼碎的白玉糰子，開口說出腦中浮現的第一個念頭。話一出口她就後悔這句話太容易造成誤會，但也爲時已晚。島崎看起來不太高興地反駁：「我也是不久前才知道的，又不是不告訴妳。」

「不是，我不是在怪妳沒告訴我，而是說今天跟我碰面的時候，妳一直跟平常沒什麼兩樣，我覺得很厲害。」

在路口遇到的時候，島崎就跟平時一樣，一點異狀都沒有。

「畢竟也不是馬上要搬，今天不說也沒差。我爸現在工作的分公司要收掉了，所以要轉調到東京上班。」

一開始父親會先隻身赴任，但母親原本就喜歡都市，很開心地說「可以去東京住了」，於是計畫在島崎上大學時全家一起搬過去。

「我爸說如果想念這邊的大學，自己留下來也可以，但我覺得跟爸媽一起住比較輕鬆，而且我也滿想去東京住住看的。」

島崎之前提過想報考滋賀或京都的大學，就可以從家裡上學。既然家都要搬了，志願校跟著變也是很自然的事。成瀨捨棄東大選擇京大，最大的理由也是因爲離家近，所以很認同島崎的想法。

成瀨什麼也說不出口，只能沉默地盯著水杯，突然閃過不知道有沒有辦法用念力移動的念頭，用力瞇起了眼，但水面依然紋風不動。

「咦，這不是雪雪嗎？」

打破沉默的是被帶位到斜前方座位的一群女生。五個人都穿便服，成瀨全都沒見過。

「妳說今天要去開會吧？開完了嗎？」一個綁著丸子頭的女生走過來問島崎。

「嗯，開完了，所以來吃飯。」

這些女生能這樣跟島崎交流也就到明年春天而已，不能自己獨占島崎。

「我先回去了，妳慢慢坐。」

成瀨從錢包掏出剛好不用找零的錢放在桌上，站起身來。島崎的表情帶著一絲歉疚，但成瀨默默地點了頭，她也就揮了揮手：「我知道了，那下次見。」

從嚇一跳驢子走回家只要三分鐘，但成瀨想盡可能縮短獨自夜歸的路程，於是一路跑著回家，直接進浴室泡澡。

上大學之後跟同學四散各處是很常見的事。成瀨身邊也有人的第一志願是關西地區以外的大學，也會聽他們說很期待搬出去一個人生活。但她一直深信島崎今後也會一直在身邊，就算搬出去了，只要老家還在這棟公寓，就還能維繫著。

成瀨還有另一個新發現，那就是來自膳所的活動也影響到島崎的人際關係。從她們今天的對話來看，島崎拒絕了友人的邀約，優先出席怦然心動夏日祭典的會議。說不定島崎一直以來都爲了配合成瀨，犧牲了許多自己生活上的事。

泡完澡的牛奶喝起來沒有平時的爽快感。媽坐在客廳滑著手機。

「聽說島崎要搬去東京了。」

「咦，什麼時候？爲什麼？」

「她爸要調職了，好像是等她上大學的時候要一起去東京。」

說明非常簡短地結束，完全不及成瀨心中感受的千萬分之一。

「那會很寂寞呢。」媽看來有些擔心地說。

她們的相遇要追溯到二〇〇六年的十二月。媽推著嬰兒車上七個月大的成瀨去西武的時候，在公寓一樓大廳巧遇島崎一家人。被父親抱在懷裡的島崎，剛從產科醫院出院，戴著白色帽子，包在黃色毛毯裡睡得很沉。

成瀨將杯子洗乾淨放回碗架，刷完牙回到房裡。確實是很寂寞沒有錯，但寂寞還遠遠不足以表達這種心情。平時只要九點一到自然就會入睡的她，今天卻怎麼也睡不著。

翌日清晨，成瀨在鬧鐘聲中醒來，比平常晚了兩秒。感覺就像是從這一步開始錯了位，做什麼都不順遂。晨跑的腳步沒有平常輕快，跟人打招呼全都被無視，洗衣精還灑了出來，火腿蛋也煎焦了。

最困擾的是數學題完全解不動。平常看到題目的瞬間就會閃現解法，但今天自動筆就是動不了。她試著計算題目中出現的算式，還是不知道該怎麼導向解答。這是不擅長數學的學生常遇到的狀況，但對成瀨而言是第一次有這種感覺。原來如此，這下書實在是念不下了。

成瀨放下自動筆，兩手抱住後腦勺仰頭看著天花板。她試著背誦九九乘法表，順利背到最後，解的公式和加法定理也都說得出來。重整心情再回來解題庫，筆尖卻還是一樣停滯不動。

光是島崎要搬家的消息就造成這麼大的影響，她深刻體認到自己一直以來理所當然培養起來的例行公事，是建立在多麼顫顫巍巍的平衡上。

筆記本滿是熟悉的筆跡寫下的算式。昨天她還不曉得島崎要去東京，應該說她根本就沒想到島崎。

其他科目念起來也總覺得讀不進去，成瀨放棄坐在書桌前，改練特技劍玉，結果連最簡單的止劍都做不好。她心想或許是睡眠不足的關係吧，但躺上床還是滿腦子亂糟糟，睡魔完全沒有要來造訪的意思。

時間來到十點。換成平常她早就已經順利解題了。待在家也只是徒增煩躁，她決定出去走走。

來到馬場公園，戴著帽子的孩子們在玩遊樂器材。今天是陰天，不太熱。成瀨坐在鞦韆上，開始奮力盪了起來。

聽著孩子們喧鬧的聲音，讓她想起小時候。公園裡有座像小山的大型遊樂器材，成瀨比任何人都還要快爬到頂。從溜滑梯滑下來後，綁著雙馬尾的島崎會跑過來說：「成瀨好厲害喔。」

想到島崎就讓她一陣感傷。她下了鞦韆走出公園，看到大貫提著托特包迎面朝她走來。

「喔，大貫。」

「幹麼啦。」她一出聲，大貫就擺出一臉困擾的樣子。看來她似乎很討厭自己，但成瀨並不討厭她，所以也沒道理疏遠她：

「我數學題解不動，正傷腦筋呢。有什麼好辦法嗎？」

這對成瀨來說是當務之急。大貫很用功念書，一定有什麼好的解決辦法吧。

「什麼意思？」

「我在做京大考古題，但完全想不到解法。」

大貫像是傻眼似的嘆了一口氣：

「妳有先做課本上的例題嗎？」

這個回答出乎成瀨意料。課本的範圍早就教完了，上課時也都以題庫爲主，她已經連課本封面長怎樣都想不太起來。就在她想著到底把課本收去哪的時候，大貫又接著說：「還有，妳頭髮差不多也該剪一剪了吧？」

「不就是大貫叫我不要剪的嗎？」

「我當時是那麼想沒錯，但現在這樣實在很怪……」

大貫果然跟別人不一樣，能當面對自己說出這種話的人就只有她了。

「大貫妳都去哪間髮廊？」

大貫上高中後就換了髮型。中學時期她總是綁著毛燥的馬尾，現在則是放下長直髮，一定是去給厲害的美髮師剪的吧。

「去哪裡剪有差嗎，妳就去前面那間 PLAGE 剪一剪就好了吧？」

大貫丟下這句話，加快腳步離開了。

剪頭髮轉換心情，說不定就讀得下書了。成瀨走進距離馬場公園一分鐘腳程的 PLAGE 理容院，裡面有十個以上的座位，人比她預想的還多。她不知所措地站在原地時，傳來店員的招呼聲：「八號客人請坐。」

爲她服務的美髮師是愛聊天的中年婦女，用輕快的語氣問：「妳頭髮是一直沒剪嗎？」

「差點忘記一件重要的事，不好意思，想跟您借把尺。」

她說出自己是爲了實驗，剃光頭從頭留長的，美髮師也興味盎然地說：「那一定要量一下。」然後去找了一把尺來。

「頭頂的是三十公分，側邊大概三十一公分吧。」

依照一個月長長一公分的假說，應該要是二十八公分才對，實際上比那還長。而且側邊的頭髮長得比頭頂快，也是一個發現。

「年輕人頭髮長得比較快嘛。妳要剪到哪裡？」

請她幫忙剪到大約過肩的長度，也剪了瀏海，感覺就像換了房間窗簾一樣，心情煥然一新。成瀨付了剪髮的錢，回到家中。

數學課本跟寫完的題庫堆在一起，幾乎看不出翻閱過的痕跡，跟新的沒兩樣。她隨手翻了一下，每種題型都列出了例題。

成瀨從《數學I》的「數字與算式」開始，按照順序抄寫在筆記本上，開始解題。難度不高，用來找回手感剛剛好。解了一陣子，感覺找回了節奏感，連指尖的血液循環都通暢起來。

解完《數學I》課本的題目時，她突然想起島崎。當初自己剃光頭時去給她看，現在應該也要跟她報告一聲才對。

她搭電梯上樓，來到島崎家門口，按響電鈴。島崎打開門，一看到成瀨馬上驚呼：「咦，妳剪頭髮了？」

「二十八個月，長了大約三十到三十一公分。」

島崎蹙起了眉：「妳不是要留到畢業典禮嗎？」

成瀨解釋她原本也沒有想剪，是大貫說看起來很怪最好去剪一剪，她想想覺得也對，所以就去了理容院。

「我不該剪嗎？」

「也沒有不該啦，只是我有點失望……」

島崎看起來有點不滿，但要不要剪頭髮本來就是個人的自由。

「成瀨，妳就是這樣。之前說要以搞笑界的頂點爲目標，結果四年就放棄了。」

「有些事不試試看不會知道啊。」

成瀨並不覺得這樣有什麼不好。播下許多種子，只要有一顆最後開出花朵就好。就算沒有開成花，挑戰過的經驗全都會成爲養分。

「這次也是知道不剪頭髮就會又熱又不好看。M-1大賽也一樣，是因爲我們在馬場公園練習漫才，才有機會成爲怦然心動夏日祭典的主持人。這些都不是白費的。」

「我懂妳想說什麼，但就是覺得有點不高興。我都已經下定決心要見證到最後了，結果妳自己就先放棄。」

成瀨感覺背上冒出冷汗。過去確實有過太多次紀錄，那些她半途而廢放棄的種子，說不定島崎都期待著它們開出花朵。她會因此對自己失望也是無可厚非。

「抱歉，我就只是來跟妳說一聲而已。」

成瀨不知如何是好，跑下樓梯回家了。

原本好轉的心情又再度惡化。成瀨在床上躺成大字型，盯著天花板。感覺現在不管做什麼都不順。放棄努力之後突然一陣睏意，於是閉上了眼。

怦然心動夏日祭典再過三天就要到了。星期三晚上，成瀨去參加江州音頭的練習會。

練習會的消息悄悄地公告在怦然心動夏日祭典傳單的角落。「江州音頭練習會八月七日（三）晚間七點於心動小學體育館」的文字旁，搭配著免費圖庫的盂蘭盆舞插畫。主辦團隊的成員沒有硬性規定要參加，所以成瀨之前從沒去過。

「哇，成瀨同學也來了。謝謝妳。」

吉嶺的歡迎讓她沮喪的心溫暖了起來。體育館聚集了三十人左右，從小孩到大人都有。

「江州音頭是自江戶時代發祥於滋賀的民謠。據說是由於近江商人在各地傳唱，因此流行到滋賀以外的地方。」

聽完江州音頭保存會的解說，接受指導開始跳舞。之前成瀨只是有樣學樣跟著跳，不禁自省早就該好好學才對。保存會的阿姨對她說「妹妹，妳跳得好棒喔」，讓她恢復了一點自信。

認眞跳了半個小時，全身充滿暢快的疲勞感。

「大家辛苦了，來領冰吧，一人一個喔！」

吉嶺宣布的同時，稻枝從保冷箱拿出冰品排在長桌上。小孩子們歡呼著跑上前去，開始挑選想吃的冰。

身爲怦然心動夏日祭典主辦團隊的一員，成瀨就只是遠遠地看著，稻枝看到後招手叫她過去：「成瀨同學也來拿啊。」

汽水口味的嘎哩嘎哩君冰棒有點融化了，變得軟軟的。確定大家都拿到冰了，稻枝也吃起巧克力脆皮雪糕。

「妳今天一個人來啊。」

稻枝用一種「今天天氣眞好呢」的口吻說著，成瀨的心卻彷彿被狠狠戳了一下。

「我私下跟你說，來自膳所今年就要解散了。」

「咦，眞的嗎？」稻枝的嗓門比她預期的大上一．五倍。

「上大學之後我們就要分開了嘛。」

「啊，是喔。這樣會很寂寞呢。」他的語氣聽起來不是客套話，而是眞心地這麼想。

「反正又不是見不到面，也會有新的邂逅吧。」成瀨不知為何自己打了圓場。她或許就是想聽到有人這麼告訴她。

「是啊。」稻枝也點了點頭。「不過我也有點傷心呢。」

稻枝稍稍支吾了一下，才補了一句：「因為我從妳們在西武上電視時就一直看著妳們了。」

「你有看到嗎？」成瀨忍不住提高嗓門。她一直只把稻枝視為主辦團隊的一員，跟他只進行最低限度的必要對話，從沒想過他居然對來自膳所有這樣的感情。

「阿勝帶妳們來的時候我眞的嚇了一大跳。」稻枝紅著臉說。看來即使是可以當爸爸的年紀了，男人還是會不好意思。

「其實我現在跟島崎有點尷尬，今天才自己來。」

成瀨一說，稻枝的表情暗了下來：

「啊，那妳們最好趕快和好。我以前也是跟朋友吵架，結果就這麼分開，足足掛心了三十年。」

「三十年？」

三十年後成瀨就四十八歲了。想到未來再輪三次生肖的期間都見不到島崎，她覺得一陣恐慌。

「對，三十年。因爲西武結束營業的關係，我們才終於又見到面。」

稻枝語音一落，成瀨丟下一句「我去找島崎」就跑了出去。

「島崎，上次很抱歉。」

大門一開她立刻道歉。島崎苦笑著：「我不知道妳在道什麼歉，可以把事情原委說清楚嗎？」

成瀨在島崎的招呼下進屋，挨著她房間裡的矮桌面對面坐下。來自膳所也是在這間房間誕生的。

「我剛剛去參加江州音頭的練習會，跟稻枝先生說我跟妳吵架了，現在有點尷尬，他建議我最好要趕快跟妳和好。」

「我們有吵架嗎？」島崎看起來完全沒有頭緒。

「妳上次不是說對我很失望嗎？」

「啊，那個啊。我只是因爲妳聽阿貫說什麼就照著做，覺得有點氣而已。我早就知道妳很愛吹牛了。」

這麼說聽起來很過分，但她宣告要做的事確實大多沒有實現，完全無法反駁。

「還有，我好像滿喜歡表演漫才的。所以今年沒參加M-1覺得有點空虛。」

一開始是成瀨拉著島崎一起表演漫才，她完全沒想過島崎會這麼想。

「那我們在怦然心動夏日祭典表演好了。應該可以排個兩分鐘給我們吧。」

聽到成瀨的提議，島崎臉色一亮：

「哇，就這麼辦吧。既然不是參加M-1，那我們多放一些在地哏怎麼樣？」

兩人拿出活頁紙，立刻開始出點子。逐一寫下「平和堂*」「怦然心動坡」「應考生」等關鍵字，然後開始思考可以怎麼裝傻。

腦力激盪了一段落，島崎開口：「對了，我們這次就只在膳所表演，『我們來自膳所』這句最好也改一下吧。比方說……『從膳所征服世界』怎麼樣？」

島崎豎起右手食指，從胸前往斜上方伸直手臂劃出去。

「很不錯啊，」成瀨也伸出食指往斜上方劃，一邊說著：「從膳所征服世界！我們是來自膳所！」

感覺就像眞的能振翅飛向世界般，心情非常暢快。她摸索著最好看的角度不斷重複，逗得島崎笑了起來：「有這麼喜歡嗎？」

---

*以滋賀縣爲中心的綜合超市。

隔天，成瀨打電話給吉嶺，問他能不能讓她們上台表演漫才。吉嶺非常開心地說「當然可以」，爲她們安排了最後跳江州音頭前的時間。

隨著漫才的劇本慢慢完成，成瀨感覺自己的心情也跟著振作起來。島崎跟自己在同一棟公寓出生長大，願意跟自己交朋友，是她的幸運。就算島崎不在身邊，她們一起度過的歷史也不會消失。

她帶著完成的劇本去找島崎。島崎讀完，淺淺地笑了：「很有成瀨的風格。」

兩人背向牆壁站好，揮動食指齊聲說道：「從膳所征服世界！」

「我們是來自膳所，我是成瀨明莉，」

「我是島崎美雪，請多指教。」

島崎用符合成瀨預期的明快節奏拋出裝傻哏。跟四年前比起來，感覺得出她現在確實很享受漫才。

表演完一遍之後，兩人仔細討論想修改的部分。

「要不要再多放一點平和堂的哏？像是入口的自動酒精消毒機，每次都噴超多之類的。」

「那個我也會用，眞的噴太多。多的我都會擦臉上。」

「咦，妳是在裝傻還是說真的？」

平和堂的總公司位於滋賀縣彥根市，大家都說縣內只要有車站就有平和堂。自家的徒步圈內就有店鋪，琵琶湖電視也常播出廣告，報紙也會夾報廣告傳單，生活中總是會意識到平和堂的存在。

「一想到東京沒有平和堂，就覺得有點寂寞呢。」

成瀨想起兩年前去東京的景況。那裡住了許多人，也有各種商場百貨。沒有平和堂這件事，應該很快就會習慣了吧。

「對了，島崎妳決定要考哪間大學了嗎？」

「完全沒辦法決定。我的成績不上不下的，選擇太多反而不知道該怎麼選。」

島崎列舉的考慮名單，都是在箱根車站馬拉松電視轉播會聽到的大學，讓成瀨再次體認到她真的要去東京了。

怦然心動夏日祭典當天，成瀨和島崎三點在會場集合，幫忙做準備。畢竟是第三次了，大致的流程都很熟。舞台搭好後，她們換上來自膳所的球衣上台彩排。

一想到這是來自膳所最後的活動，就覺得一分一秒都很寶貴。但要是太在意「最後的舞台」，就會忍不住傷感起來，成瀨決定專注在好好炒熱今天祭典的氣氛。

活動就要開始，兩人在台下準備時，成瀨想起國二校慶時兩人的初登台。當時島崎緊張到表情僵硬，但現在看起來十分放鬆。

「島崎，妳已經不會緊張了嗎？」

「才沒有呢，我現在也很緊張啊。我只是已經習慣緊張了。」

完全不知緊張爲何物的成瀨，得到了原來緊張也是可以習慣的新知。

「五點了，差不多可以開始了。」

在吉嶺的指示下，兩人走上台，拿起麥克風。

「我們是活動主持人，我是來自膳所的成瀨明莉。請多指教。」

「我是來自膳所的島崎美雪，請多指教。」

舞台前方，等一下就要上台表演的小學生家長們，拿著手機和相機準備拍攝。在他們身後是排了桌椅的飲食區，再過去是林立的攤位。

「謝謝各位今天來參加。」

「在這個夏夜，一起開心享受祭典吧。首先請主辦人來說幾句話。」

穿著藍色短褂的吉嶺致詞感謝各單位的協助，然後宣告：「現在，怦然心動夏日祭典正式開始！」

掌聲一如往年稀稀落落。雖然常有人說「根本沒人看」，但成瀨還是覺得不能辜負用心鼓掌的居民。

「首先打頭陣的是心動小學舞蹈社的同學們！他們在暑假也很認眞練習，請欣賞他們默契十足的舞蹈表演！」

兩人下台後，回到工作人員帳篷的折疊椅坐下。

「天氣很熱，記得多補充水分喔。」稻枝說著，遞來兩瓶五百毫升的運動飲料。

「謝謝。」

成瀨一面補充水分，一面環視會場。表演舞蹈的小學生們、拍攝孩子跳舞的家長們、在攤位上買東西吃的居民們、到處跑來跑去的小孩子們。怦然心動夏日祭典順利開始了。

舞台表演的第二個節目是五葉木幼稚園大班學童的歌唱表演，懵懵懂懂的孩子們上台排排站。

「我們也是上五葉木幼稚園，十二年前也在怦然心動夏日祭典上唱過歌，好懷念喔。」

當年的事成瀨還記得很清楚。那時候唱的是「數字歌」，唱到最後大家都累了，歌詞也亂唱，只有成瀨完全沒有出錯，好好唱完。

「請欣賞五葉木幼稚園帶來的〈我的綜合果汁〉和〈彩虹〉！」

看著年幼的孩子們一面比劃著動作一面唱歌，成瀨突然湧現一股像是母親般的心情。一想到這些孩子們長大後都會陸續離開怦然心動社區，內心就百感交集。

接下來是心動中學管樂社、公民會館合唱團、個人報名的三味線表演及扯鈴等，許多居民上台帶來了豐富的表演節目。

就連這些人到了明年也不一定還會在這裡。這些人聚在一起的夏日祭典，就只有這麼一次。想到這，成瀨不禁眼眶一熱，連忙甩了甩頭。

第一階段的舞台演出結束，進入第二階段的怦然心動坡繪畫比賽頒獎典禮。頒獎典禮由主辦比賽的繪畫教室主持，來自膳所先回工作人員的帳篷休息。

「辛苦了，吃點東西吧。」酒鋪阿姨送了攤販的炒麵和炸雞塊來，她們感謝地收下。

「我每年都在想，這個炒麵是只有這裡才吃得到的味道。」

「是嗎？我是吃不出有什麼不一樣啦。」

兩人邊吃邊聊，突然傳來一聲「雪雪～！」

「欸，妳們來了嗎？」

上次在嚇一跳驢子遇見的女生們聚到島崎身邊：

「我們看到節目單了，妳等一下要表演漫才嗎？」

「嗯，對。」

成瀨對她們來參加怦然心動夏日祭典湧現一股感激。以往她是絕對不開口的，這時她卻下意識地站起身來：

「我是她的搭檔成瀨，離漫才表演還有一段時間，希望妳們留下來看。」

島崎的朋友似乎沒料到成瀨會對她們說話，表情有些錯愕。站在最前面綁著包包頭的女生，帶著有些困惑的笑容回答：「我們會看的。」

「那就晚點見了！」她們向島崎揮手離開。

「一直以來，給妳添了很多麻煩吧。」

「蛤？」聽到成瀨這麼說，島崎一臉困惑地反問。

「上次也是，妳推掉她們的約跑來開夏日祭典的會吧。我在想是不是因爲我，害妳一直以來犧牲了很多事。」

島崎笑著搖了搖頭：

「沒這回事啊。漫才也好、主持也好，我如果不想做可以拒絕的啊。我只是覺得跟成瀨一起就做得到，所以才答應的。」

「可是很多事到後來都沒下文……」

漫才沒做出成果就放棄也是、實驗到一半就去剪頭髮也是，她完全沒有考慮一直陪著自己的島崎。

「我一直都很開心啊。」

看著島崎平靜的表情，成瀨默默地點頭。她也一直都很開心。只是總覺得一旦說出來，一切就會結束，所以說不出口。雖然接下來要分隔遙遠的兩地生活，但她開始覺得，只要想到島崎也在同一片天空下，她就能繼續努力下去。

「接下來請欣賞來自膳所的漫才表演！歡迎她們！」

抽獎大會結束後，成瀨和島崎在吉嶺的介紹下走上台，站在舞台中央的麥克風前，豎起食指，指向天色暗下的夜空。

「從膳所征服世界！我們是來自膳所，請多指教！」

因爲剛舉行完抽獎，許多人留在舞台前看。在舞台燈光的照射下，可以看見社區居民的熟面孔，島崎的朋友也在台下。

「我們今年要應考了。」

「就是啊，要報考平和堂檢定考三級。」

「考大學啦！平和堂檢定考是什麼啊？」

「平和堂的整點報時主題曲是什麼？」

「妳說『登愣登登登愣登登登』的旋律嗎？那有歌名嗎？」

「答案是SF22-39。」

「不是才三級嗎，也太難了吧！」

「一級要考的是從下訂單到貨架補貨的實際演練。」

「這根本不是檢定考，是員工實習吧！」

「報名費當然是用HOP MONEY＊！」

平和堂漫才雖然沒有搏得哄堂大笑，但確實引起陣陣笑聲。成瀨觀察台下觀眾的反應，看見媽媽像在代替自己緊張似的神情，在她身邊是面帶笑容看著的島崎媽媽。大約兩百年後的死前跑馬燈，應該會採用這個畫面吧。

「夠了喔！謝謝大家。」

觀眾為低頭鞠躬的兩人送上掌聲。來自膳所最後的漫才，能表演給怦然心動社區的人看眞是太好了。成瀨心滿意足地抬起頭，看到稻枝和吉嶺帶著小小的花束走

＊平和堂的儲值電子支付系統。

上台。

「辛苦了。」稻枝紅著臉，將紅色花束遞給成瀨。島崎從吉嶺手中接下黃色的花束。成瀨有些不知所措，原來這就是驚喜的感覺嗎？還是第一次有人送花給她。

「今年來自膳所就要解散了。謝謝大家的支持。」

成瀨兩手拿著捧花做了總結，望向身邊的島崎，她臉上帶著像是突然被揍了一拳的驚愕神情。成瀨心想也不用驚訝成這樣吧，就聽到島崎滿是困惑的聲音透過麥克風響徹全場：

「來自膳所要解散了嗎？」

「因爲島崎，妳不是要搬家了嗎？」

「但我沒說要退出來自膳所吧？每年的夏日祭典我也打算回來主持啊。」

換成瀨大吃一驚。仔細回想，島崎確實只說了要搬去東京，完全沒有提到要退出來自膳所。舞台前的人們搞不清楚發生什麼事，直盯著台上。

「對不起，我搞錯了！來自膳所沒有要解散！」

成瀨對著麥克風笨拙地補充，島崎忍不住爆笑出聲。

「眞是的，搞什麼啦！」

島崎帶著像是在說現在也只能笑的表情，對台下說：「接下來也請各位繼續支持來自膳所！」

成瀨跟島崎一起再度鞠躬，沉浸在居民溫暖的掌聲中，以及明年來自膳所還能站上這個舞台的喜悅裡。

「最後要進行的是江州音頭，一起跳舞的小朋友還有零食可以拿喔！大家一起開心跳舞吧！」

成瀨和島崎也走下舞台，加入眾人圍出的圓圈裡。一群小學男生學著來自膳所的動作比劃著喊道：「從膳所征服世界！」成瀨也回應他們：「從膳所征服世界！」吉嶺對成瀨揮著手說：「明年的夏日祭典也麻煩妳們了。」稻枝則是帶著有些尷尬的笑容道歉：「不好意思喔。」島崎的朋友們圍繞著她，連聲誇獎：「超有趣的啦！」成瀨媽媽和島崎媽媽則是在稍遠處一起站進圓圈裡。

仰頭望向夜空，輕吐出一口氣，就聽見江州音頭的前奏響起。不知不覺島崎已經站在自己身邊。成瀨將花束握在手中，全心全意地跳起江州音頭。

Eurasian Publishing Group
圓神出版事業機構
用心與你對話・視野無限寬廣
圓神出版社
Eurasian Press

www.booklife.com.tw reader@mail.eurasian.com.tw

小說緣廊 028

奪取天下的少女

作　　者／宮島未奈
譯　　者／李冠潔
發 行 人／簡志忠
出 版 者／圓神出版社有限公司
地　　址／臺北市南京東路四段50號6樓之1
電　　話／（02）2579-6600・2579-8800・2570-3939
傳　　真／（02）2579-0338・2577-3220・2570-3636
副 社 長／陳秋月
書系主編／李宛蓁
責任編輯／胡靜佳
校　　對／胡靜佳・李宛蓁
美術編輯／林雅錚
行銷企畫／朱智琳・陳禹伶
印務統籌／劉鳳剛・高榮祥
監　　印／高榮祥
排　　版／莊寶鈴
經 銷 商／叩應股份有限公司
郵撥帳號／18707239
法律顧問／圓神出版事業機構法律顧問　蕭雄淋律師
印　　刷／祥峰印刷廠
2023年11月　初版
2024年7月　3刷

NARUSE WA TENKA WO TORINIIKU by MIYAJIMA Mina

Original Japanese edition published in 2023 by SHINCHOSHA Publishing Co., Ltd.
Traditional Chinese translation rights arranged with SHINCHOSHA Publishing Co., Ltd.
through AMANN CO., LTD.

定價 350 元　ISBN 978-986-133-899-6

每一本書，都是有靈魂的。
這個靈魂，不但是作者的靈魂，
也是曾經讀過這本書，與它一起生活、一起夢想的人留下來的靈魂。
——《風之影》

國家圖書館出版品預行編目資料

奪取天下的少女 / 宮島未奈著；李冠潔譯. -- 初版. -- 臺北市：圓神出版社有限公司, 2023.11
224 面；14.8×20.8公分 --（小說緣廊；28）

ISBN 978-986-133-899-6（平裝）

861.57 112015481